LES LOUPS DU X-CLAN

 — Lâche-moi, exigea-t-elle immédiatement.

Ce qui n'empêcha pas ses cuisses de s'écarter pour m'installer entre elles. Parce que clairement, son corps me désirait. Cela était rendu évident par les sécrétions qui recouvraient déjà mon entrejambe et qui ne devaient rien à l'eau peu profonde qui coulait en dessous d'elle.

J'ignorai sa demande et ordonnai à mon tour :

— Parle. Maintenant !

Ça n'aurait pas dû être trop difficile à faire pour elle puisqu'elle avait toujours eu l'habitude de dire tout haut ce qu'elle pensait.

Pourtant, cette fois-ci, elle choisit de garder le silence.

Elle me fixa de son grand regard plein de défi.

Tout en se cambrant pour presser son corps contre mon sexe dans une évidente invitation à la pénétrer.

C'était une invitation que je serais content d'accepter *après* qu'elle m'aurait expliqué la situation.

— Riley, grognai-je afin de lui faire comprendre que je n'étais pas d'humeur à ce qu'elle me résiste.

Pas avec son corps doux et humide juste en dessous du mien.

— Je suis sur le point de te nouer, *Oméga*. Explique-moi donc comment c'est possible ?

Je savais déjà que les inhibiteurs étaient à l'origine du *comment*.

Ce que je voulais vraiment savoir, c'était le *pourquoi*.

Elle déglutit et une partie de la flamme dans son regard sembla s'éteindre.

Je plissai les yeux.

— Réponds-moi. Explique-moi pourquoi tu as pris des inhibiteurs.

Peut-être que le fait de l'informer de ce que j'avais déjà compris allait l'aider à s'ouvrir.

—Je… je voulais avoir une vie…

Les quelques mots qu'elle murmura n'étaient pas du tout ceux que j'attendais. Je ne l'avais jamais entendu parler sur ce ton auparavant. Cela lui donnait un air encore plus *Oméga*.

Je ne savais pas si ça me plaisait.

Riley avait un tempérament de feu et une répartie que j'admirais.

Je ne voulais pas d'une Riley toute douce et soumise. C'est elle que je voulais, tout simplement.

— Je voulais *vivre*, répéta-t-elle avec un peu plus de conviction.

Une part d'elle sembla soudain reprendre sa place. Elle ajouta :

—Je voulais être autre chose qu'une machine à bébés.

Je haussai les sourcils, surpris.

— Autre chose que *quoi* ?

— Tu m'as très bien entendu, rétorqua-t-elle.

Le feu s'était rallumé en elle.

Voilà, elle est de retour, me dis-je. *Continue à parler.*

X-CLAN ORIGINES

Préquelle des Loups du X-Clan

Auteure à succès USA Today

Lexi C. Foss

Ceci est une œuvre de fiction. Les noms, personnages, lieux et incidents sont soit le fruit de l'imagination de l'auteur, soit utilisés de manière fictive. Toute ressemblance avec des personnes réelles, vivantes ou décédées, des établissements commerciaux, des événements ou des lieux est entièrement fortuite.

X-Clan : Origines

Édition par : Outthink Editing, LLC

Relecture par : Katie Schmahl & Jean Bachen

Traduction de l'anglais au français : Anne Worms pour Well Read Translation

Conception de la couverture : Jay R. Villalobos avec Covers by Juan

Photographie de couverture : CJC Photography

Modèles de couverture : Gus Caleb Smyrnios & Riley Rebecca

Publié par : Ninja Newt Publishing, LLC

Édition numérique :

eBook ISBN: 978-1-68530-207-8

Print ISBN: 978-1-68530-208-5

❀ Réalisé avec Vellum

X-CLAN ORIGINES

PRÉQUELLE DES LOUPS DU X-CLAN

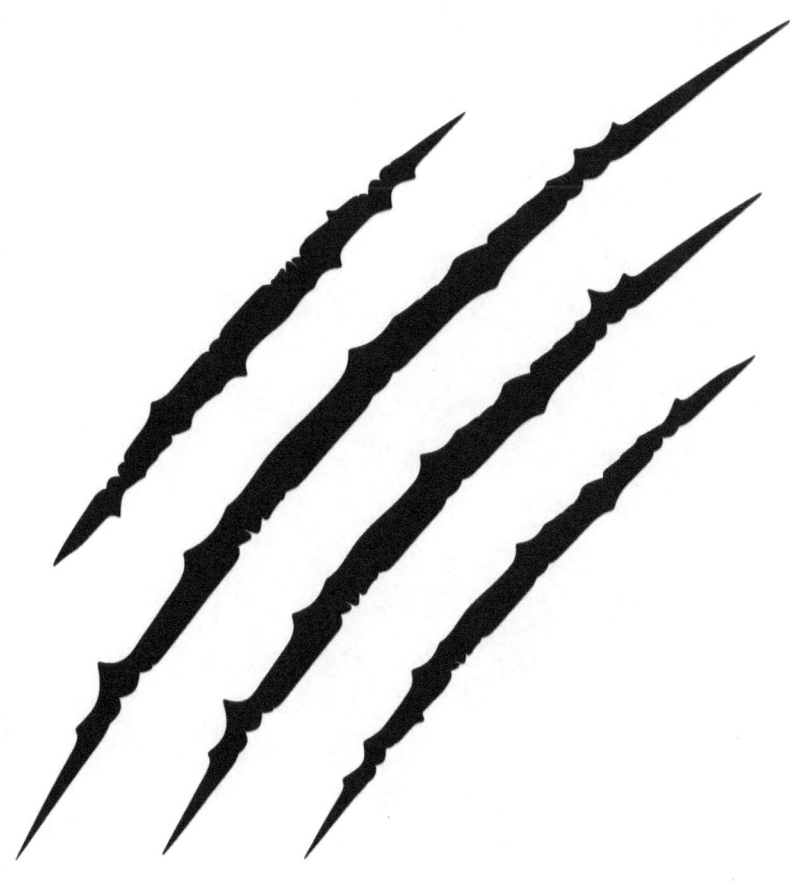

X-CLAN ORIGINES

Ils ont réussi à pénétrer les enceintes du camp. Les Infectés sont là. Il n'y a ni remède ni possibilité de se cacher. La seule solution est de *s'enfuir*.

L'Alpha Jonas est mon gardien sexy en diable. Celui qui a été désigné pour me protéger d'un monde condamné par la maladie et le chaos. Il promet désormais de m'escorter jusqu'à un lieu sûr.

Il n'y a qu'un seul problème. Il ne sait pas que je suis une Oméga.

Et pas n'importe quelle Oméga. Une Oméga qui s'apprête à être en chaleur.

J'ai passé ma vie entière à fuir mon destin. Mais dans notre fuite précipitée, j'ai dû abandonner mes inhibiteurs.

J'ai le choix entre accepter l'inévitable ou risquer de me confronter aux Infectés.

Parce que dès que l'Alpha Jonas aura découvert qui je suis… Il va non seulement vouloir me nouer, *mais aussi me revendiquer*.

Note de l'auteure : Il s'agit d'une romance paranormale avec des éléments d'Omégaverse, qui peut se lire indépendamment du reste de la série. Jonas est un loup alpha sûr de lui, et Riley est une Oméga pleine de fougue qui refuse de se soumettre.

NOTE DE LEXI

La série des Loups du X-Clan prend place dans un univers partagé où des êtres surnaturels vivent dans divers secteurs à travers le monde. Leurs identités paranormales ont été révélées peu de temps après qu'un virus zombie a commencé à infecter les populations humaines.

Certains de ces êtres peuvent être impactés par le virus. D'autres, comme les loups du X-Clan, ne le sont pas.

Et malheureusement, les humains ne sont pas immunisés.

Lorsque la série démarre, plus de quatre-vingt-dix pour cent de la population a été touchée par le virus.

Cela laisse présager d'un avenir plutôt sombre.

Cependant, j'ai toujours eu envie de revenir aux origines, pour explorer la vie telle qu'elle était à cette époque.

Ceux d'entre vous qui ont lu les autres livres de la série X-Clan reconnaîtront Riley et Jonas, puisqu'il s'agit de personnages clés de ce monde. Ce livre raconte leur histoire et il a été écrit pour permettre à ceux qui ne connaissent pas l'univers du X-Clan de pouvoir facilement entrer dedans et comprendre.

J'espère que vous apprécierez l'histoire de Jonas et Riley.

Chaleureusement,
Lexi

P.S. Sur une note personnelle, cette histoire a été inspirée par mon diplôme en santé publique. J'ai toujours été fascinée par l'épidémiologie, et j'ai créé cet univers en 2019, avant d'écrire *La Promise de l'Alpha*. Cette histoire n'a donc pas été inspirée par les événements actuels.

PROLOGUE

JONAS

La docteure Riley Campbell est une vraie gamine.

Elle est indisciplinée, refuse de coopérer, se montre impolie. Et c'est la louve la plus attirante que j'ai jamais eu le déplaisir de rencontrer.

Je ne sais pas quel est son putain de problème, mais un de ces jours, je vais faire plier cette petite Bêta rebelle. Je vais l'allonger sur mes genoux et la fesser cul nu.

Ensuite, je la baiserai.

Pendant des jours.

Et des jours.

Jusqu'à ce que cette obsession pour la docteure au parfum si alléchant me quitte enfin.

Je n'ai jamais été aussi attiré par une femelle, encore moins une Bêta. Cela dit, il y a clairement quelque chose chez Riley qui excite mon loup.

J'ai tenté de l'ignorer, mais...

Elle provoque en permanence le dominant en moi avec ses petites remarques insolentes et ses commentaires désobligeants.

Je peux sentir son intérêt pour moi, ce qui est peut-être

au cœur du problème. Alors je suis sûr qu'une bonne baise réglera le souci pour nous deux.

Ou peut-être cela empirera-t-il les choses.

Cela dit, ça ne pourra se faire que si elle me laisse la protéger suffisamment longtemps pour que nous survivions tous deux à cet enfer.

Au rythme où vont les choses, nous serons tous les deux morts d'ici quelques mois.

Parce qu'elle refuse de suivre mes instructions et qu'elle s'oppose à moi en permanence.

Je ne suis pas un mauvais Alpha, petite louve.
Si tu me laisses une chance, tu verras comme je peux être gentil avec toi.
Alors pourquoi ne rentres-tu pas les griffes ? Laisse-moi te caresser. Te montrer ce que je peux faire de mes mains et de ma langue.
Je te promets que tu te sentiras adorée.
Parce que je te traiterai comme une reine.
Et tu finiras par m'en redemander...

CHAPITRE 1
RILEY

Camp du CDC (Centre de contrôle des maladies)

— C'est quoi ton problème, bordel ? dis-je en lançant un regard furieux à mon reflet dans le miroir. Tu ne devrais pas déjà avoir besoin d'une nouvelle dose d'inhibiteurs.

Dans la glace, ma louve me renvoya un regard sombre qui me confirma ce que je savais déjà : j'allais bientôt être en chaleur. *Encore.*

J'avais déjà pris des inhibiteurs seulement trois mois auparavant. Je n'aurais pas dû déjà avoir besoin d'en reprendre.

C'est Jonas, pensais-je. *Cet insupportable Alpha rend mon Oméga intérieure complètement folle.*

Ma louve s'était mise à faire des siennes depuis son arrivée treize mois plus tôt.

C'était mon garde. Ce qui ne faisait qu'empirer la situation. Mon animal fondait presque sous l'effet de ses vibrations protectrices.

Merde !

Je m'agrippai au comptoir, ce qui fit ressortir les muscles sveltes de mes bras.

J'avais l'habitude de prendre une à deux doses d'inhibiteurs par an. Cela suffisait à masquer mon odeur et à apaiser mes instincts reproducteurs. Mais depuis l'arrivée de Jonas, j'en avais déjà pris *quatre*.

Et c'était assurément sa présence qui provoquait ça chez moi. J'avais fréquenté de nombreux autres Alphas au cours des dix dernières années, et je n'avais jamais rencontré ce problème.

Bien sûr, aucun de ces Alphas ne faisait partie du X-Clan, alors peut-être que le problème venait de là. Du fait d'être en présence d'un Alpha de la même race que moi.

Il pensait que j'étais une Bêta. Comme tout le monde.

Tout le monde sauf Kieran. Ses capacités de guérison lui avaient indiqué presque immédiatement ma véritable nature. Cependant, il avait accepté de garder le silence pour mon bien.

Et peut-être aussi le sien.

Parce qu'à la seconde où ma véritable nature serait révélée, je serai revendiquée par un Alpha du X-Clan et forcée à rejoindre un nid. C'est comme ça que les miens agissaient ; ils chérissaient les Omégas, mais les confinaient à un rôle de reproductrices.

Aucune opportunité professionnelle.

Aucune vie en dehors du nid.

Aucun *choix*.

Seulement une existence choyée, entourée par un Alpha aux petits soins.

Ou un trio d'Alphas dans mon cas, si les dispositions qu'avaient prises mon père plus tôt dans ma vie s'étaient concrétisées.

Peut-être n'était-ce pas une vie si terrible que ça, mais

j'avais tellement d'autres ambitions que je ne pouvais pas les laisser me prendre.

Voilà pourquoi je m'étais enfuie.

Pourquoi j'avais quitté ma meute et tracé mon propre chemin.

Tout s'était bien passé pendant un temps.

Jusqu'à ce que l'Infection commence.

Je baissai la tête en soupirant. *Raison de plus de prendre un autre inhibiteur.* Je ne pouvais pas me concentrer sur mes recherches pendant mes chaleurs.

Cela dit, nous n'étions pas près de découvrir un traitement. Nous étions même très loin d'une telle perspective, puisque l'amibe continuait à saper toutes les foutues solutions que nous pensions trouver.

Elle mutait simplement beaucoup trop vite.

Détruisant tout sur son passage.

Elle réagissait plus ou moins de la même manière qu'elle le faisait dans un hôte, en *mangeant* littéralement tout ce qui l'entourait sans distinction.

Les humains appelaient cela le *zombisme*.

Quant à moi, je parlais plutôt d'*infection*.

Plus de soixante pour cent du monde avait déjà été détruit. Mon unité était la seule à être encore capable de chercher un remède, et cela n'avait rien d'une coïncidence si la plupart d'entre nous n'étaient pas humains.

Il restait quelques mortels au sein de notre laboratoire, mais ils étaient peu nombreux. Ils étaient trop sensibles au...

Je grimaçai en entendant une sirène hurler au-dessus de moi, le son faisant vibrer l'air et se dresser les poils de mes bras.

— Qu'est-ce que... ?

Il n'est pas nécessaire de terminer ma question. Je savais déjà pourquoi l'alarme résonnait.

— Merde !

Ce son indiquait qu'une brèche avait été ouverte dans les murs du camp.

Ce qui signifiait que l'évacuation était imminente.

Il y avait simplement trop d'Infectés. Une fois qu'ils avaient repéré une odeur, rien ne pouvait les arrêter, ils devaient goûter. Apparemment, peu importait le nombre de murs ou de couches que nous mettions entre eux et nous, ils arrivaient encore à nous sentir. Presque comme s'ils étaient eux-mêmes des loups.

Bien sûr, il fallait que cela arrive aujourd'hui !

Je me précipitai vers ma chambre pour me saisir de mon sac d'urgence et le ramener dans la salle d'eau, où je gardais mes inhibiteurs. J'aurais dû en prendre immédiatement quand je me suis réveillée avec ce mal de tête. Au lieu de ça, j'avais perdu un temps précieux à exprimer ma colère contre ma louve et à me demander si une nouvelle dose était vraiment nécessaire.

Espèce d'idiote !

Je n'avais plus le temps de me faire une injection sans danger, alors je fourrai tout le matériel dans mon sac et revins dans ma chambre pour trouver quelque chose à me mettre.

J'enlevai ma serviette et attrapai une chemise au moment même où la porte de mes quartiers s'ouvrit d'un coup.

Jonas se tenait sur le seuil, ses yeux bleu clair immédiatement attirés par mon corps nu.

En tant que métamorphe, la nudité ne me gênait généralement pas, mais une part de moi plus primitive passa immédiatement à l'action pour essayer de me couvrir avec la chemise que je tenais dans les mains.

Jonas ne sembla pas le remarquer, ou bien il s'en fichait.

— Il faut qu'on y aille.

— Qu'est-ce que tu crois que je suis en train de faire ? dis-je d'un ton cassant. Une sieste ?

Il réagit par un léger haussement de sourcils, son silence exprimant à la fois tout et rien. Il ne répliquait jamais à mes remarques désobligeantes ni à mon besoin constant de le repousser.

Il se montrait toujours patient.

Toujours songeur.

Toujours le regard fixé sur moi.

Je me forçai à bouger les mains pour attraper un pantalon noir assorti à mon chemisier et me dirigeai vers mon tiroir à sous-vêtements.

Jonas observait le moindre de mes mouvements, en écartant les narines.

— Ça va, tu mates bien ?

Cette remarque acerbe m'échappa instinctivement, faisant ressortir ma tendance à le provoquer. J'entretenais ce besoin intrinsèque de l'irriter autant qu'il m'irritait, ce qui n'était pas très juste envers lui et faisait probablement de moi une vraie emmerdeuse, mais il provoquait ma louve. Alors je le provoquais en retour.

Il réagit à mes bravades à sa manière habituelle, par un grognement, et repoussa la porte pour pénétrer dans la chambre.

Je reculai d'un pas sans le vouloir ; c'est ma louve qui se soumettait immédiatement à l'Alpha qui se dirigeait vers moi.

Sauf qu'il me dépassa sans un mot et ramassa mon sac avant de faire demi-tour pour ressortir.

Je reniflai l'air et sus qu'il n'était pas parti très loin. Il m'attendait dans le couloir. Sa manière à lui de me laisser de l'intimité.

Très bien.

J'avais besoin d'espace.

En effet, l'alarme ne faisait rien pour calmer mon désir pour lui. *Est-il vraiment obligé d'être aussi grand et si typique des Alphas ?*

Ah oui, c'est vrai.

Il l'est parce que c'est l'Alpha qui me sert de garde du corps .

Un petit loup maigrichon n'aurait pas fait l'affaire. Bien que je sois capable de m'occuper de moi-même dans la plupart des situations, je n'avais aucune chance face à une armée d'Infectés. Le Conseil International avait considéré que mon profil méritait protection.

Voilà pourquoi ils m'avaient confiée aux soins de Jonas.

Mon doctorat en médecine infectieuse et épidémiologique faisait de moi quelqu'un de précieux, et le fait que je sois l'une des dernières spécialistes encore en vie me rendait encore plus importante à leurs yeux.

La plupart de mes anciens collègues étaient des humains, ce qui n'avait pas été à leur avantage au moment de travailler avec cette amibe mangeuse de cerveau qui continuait à muter chaque fois qu'elle entrait dans un nouvel hôte.

Une seule morsure suffisait à transmettre le virus.

Certains loups pouvaient même être infectés, comme les loups cendrés par exemple.

Pas les loups du X-Clan ni du V-Clan, cela dit.

Cependant, cela n'empêchait pas les Infectés de vouloir faire de nous leur déjeuner lorsqu'ils en avaient l'occasion. Nous ne mourrions pas facilement, mais nous pouvions être sérieusement blessés et finir par mourir si nous étions attaqués par trop d'Infectés à la fois.

C'était la raison de la présence de Jonas à mes côtés.

Jonas, avec son grand corps musclé et puissant.

Avec ses longs cheveux blonds, sa mâchoire ciselée, ses yeux bleu glacier et sa peau pâle.

Il avait même un léger accent. *Islandais*. Il avait grandi près du Secteur Sanglant en Islande. Je n'étais au courant de cela que parce que Kieran en avait parlé.

Jonas ne parlait pas beaucoup.

Il aimait grogner, gronder et *dévisager*.

Je repensais à son regard perçant tout en m'habillant. Je me demandai à quoi il pensait en m'observant quelques instants plus tôt. Je n'avais pas senti d'intérêt de sa part, mais il n'avait pas non plus eu l'air de s'ennuyer. J'avais remarqué que ses narines s'étaient légèrement écartées et ses pupilles subtilement dilatées.

Peut-il sentir que mes chaleurs approchent ? me demandai-je en enfilant un débardeur par-dessus mon soutien-gorge.

J'entrepris ensuite de boutonner mon chemisier avant d'enfiler un string et mon pantalon noir. Je mis ensuite mes chaussettes et des chaussures plates, au cas où j'aurais besoin de courir.

J'attachai mes cheveux encore humides en queue de cheval et me demandai si ajouter un peu de parfum pourrait couvrir mon odeur.

Cela pourrait aussi attirer les Infectés.

Alors non.

Il allait falloir que j'embarque sur ce vol et que je trouve un endroit dans l'avion pour m'injecter mes inhibiteurs, ou alors que j'attende qu'on ait atterri pour le faire.

Peut-être que je pourrais monter dans l'avion de Kieran, pensai-je en attrapant mon sac à main, qui ne contenait que ma carte d'identité militaire internationale et un téléphone satellite. Je me dirigeai vers la porte.

Jonas se tenait dans le couloir, le regard aux aguets, prêt pour le combat.

Je tendis la main vers lui en affirmant :

—Je peux porter mon propre sac.

Il grogna une nouvelle fois et tourna les talons, sans répondre.

—Je ne suis pas faible, dis-je en lui courant derrière. Et ce sac d'urgence est presque vide. Je peux le porter.

Il ne répondit pas et continua à marcher le long du couloir blanc de la résidence.

Nous étions largement en dessous du niveau du sol, ce qui signifiait qu'il nous fallait monter pour atteindre l'aérodrome.

L'alarme extérieure signifiait que c'étaient bien ces murs-là qui avaient été compromis. Cela aurait pris des heures, voire des jours pour que les Infectés se frayent un chemin jusqu'à nous. Il était même possible qu'ils n'y arrivent pas.

Mais c'était différent pour l'aérodrome.

Nous étions dotés d'une armée importante qui était probablement en train de protéger les lieux.

Et de tirer sur tout ce qui bouge, me dis-je en sentant mon humeur flancher.

Le virus mangeur de cerveau avait muté en une maladie qui faisait des humains des cannibales écervelés. J'avais passé une bonne partie des cinq dernières années à essayer de trouver une solution.

Pendant que les humains… passaient leur temps à s'entre-tuer.

Voilà leur solution : attaquer ce qu'ils ne connaissaient pas et éliminer les blessés plutôt que de leur venir en aide.

Jonas jeta un nouveau regard vers moi en appelant l'ascenseur. Il semblait m'évaluer du regard.

Cette fois, je ne fis pas de commentaires sur sa tendance à me fixer.

Je me concentrai plutôt sur les portes à claire-voie au moment où elles s'ouvrirent et pénétrai dans l'ascenseur, résignée face au destin qui nous attendait à la surface.

Jonas se tenait devant moi dans une position protectrice qui m'empêchait de voir ce qui se passait. Nous nous mîmes à monter.

Il laissa tomber mon sac à terre et sortit son flingue, sa posture m'indiquant qu'il était concentré sur ce qu'il parvenait à entendre là-haut.

Je me forçais à ne pas écouter.

Cela faisait trop longtemps que je vivais dans les cris.

Les sanglots. Les bruits abominables. *La mort.*

Je frissonnai, prise d'une folle envie d'enrouler mes bras autour de moi. Mais je me gardai bien de céder au sentiment de désespoir.

Pleurer ne résoudrait pas la situation.

Rien ne la résoudra, pensai-je amèrement. *Rien ne fonctionne. Rien n'arrive à guérir ce virus. Les humains l'ont trop laissé muter.*

Je détestais leur remettre la faute sur le dos, mais je ne pouvais pas m'en empêcher. Les politiciens mortels étaient ceux qui avaient transformé cette épidémie en un débat politique plutôt qu'en une question de santé publique.

Ils avaient refusé d'écouter les chercheurs et les médecins responsables. Ils avaient seulement essayé de s'exprimer en fonction de leur position sur l'échiquier politique.

Et le monde entier payait désormais pour leur ignorance.

Une vague d'air parfumé me frappa au moment où les portes s'ouvrirent et nous fûmes accueillis par la chaleur écrasante et désagréable de la Géorgie. Nous étions à environ cent-cinquante kilomètres au nord-ouest d'Atlanta. Là, nous avions trouvé refuge dans un complexe souterrain dont peu de personnes connaissaient l'existence, près de la frontière avec la Caroline du Nord.

À en juger par les sons qui nous provenaient de

l'extérieur, il était clair qu'une horde d'Infectés était arrivée de la ville et nous avait repérés, au milieu des Appalaches.

Des coups de feu résonnaient dans les airs, me faisant grimacer.

Des hurlements s'ensuivirent.

Je fermai les yeux et pris une grande inspiration. *Tu ne peux plus rien faire pour les sauver maintenant. Il faut juste que tu survives et que tu continues tes recherches.* C'était une sorte de mantra que je me répétais souvent pour...

Une grande main atterrit en bas de mon dos, me projetant instantanément à nouveau dans le présent.

— Suis-moi, dit Jonas, ses lèvres soudain tout contre mon oreille, tandis qu'il m'escortait hors de l'ascenseur.

Il avait récupéré mon sac, rangé son fusil et m'avait collée contre lui en une seconde.

Ou peut-être étais-je restée paralysée au moment où les portes s'étaient ouvertes.

Je n'en étais franchement pas certaine, mais mes jambes semblaient fonctionner maintenant, tandis qu'il me guidait vers les jets qui attendaient.

On entendit à nouveau des cris stridents et des coups de feu, et tout ce fracas me rendait faible. Je détestais ce que ce monde était devenu. Je détestais le fait de ne pas pouvoir y faire quelque chose. Je détestais le fait que mes gènes me permettaient de survivre alors que tant d'innocents *mouraient*.

Ce ne fut que lorsque je me retrouvai face à des marches métalliques que je me souvins de mon désir de trouver l'avion de Kieran. Il était trop tard.

Jonas était déjà en train de me pousser vers l'entrée de ce jet.

Cela aurait été de la pure folie de lui demander de changer maintenant.

Un pilote humain était déjà à bord, et je pouvais sentir

l'odeur âcre de sa peur qui venait contrarier ma louve. Je faillis grogner, mais la présence de Jonas derrière moi calma instantanément cet instinct.

Voilà pourquoi il est dangereux, délirai-je. *Il m'apaise trop facilement.*

Rien de plus normal. C'était un Alpha. C'était leur rôle.

Cependant, ils étaient aussi dotés d'un terrible pouvoir de destruction.

Ils prenaient ce qu'ils voulaient, quand ils voulaient.

Comme les Omégas par exemple.

Je me recroquevillai sur moi-même pendant que Jonas m'escortait jusqu'à mon siège. Mon besoin de disparaître ou de me cacher m'empêchait d'analyser correctement mon environnement. Sa proximité ne faisait qu'amplifier les signaux bien réels de mes chaleurs imminentes. J'avais presque l'impression que sa présence accélérait le processus en moi.

C'était impossible. En tant que médecin, je savais à quel point une telle notion était ridicule.

Cela dit, ça n'empêchait pas mon cerveau de se demander si son nœud avait un quelconque pouvoir magique qui intensifiait mon désir croissant.

Putain d'hormones ! pensai-je au moment où il attachait ma ceinture. Son odeur boisée me submergea. *Je peux attacher ma propre ceinture*, voulais-je dire, mais les mots se bloquèrent dans ma gorge au moment où j'entendis un nouveau cri épouvantable.

Combien sont en train de mourir, là-bas, dehors ? Fusillés par leurs frères humains ?

Je savais qu'ils n'avaient plus le choix désormais. Les Infectés étaient désormais plus nombreux que les Sains. Et ça ne faisait qu'empirer.

Nous vivions dans un monde où il s'agissait de survivre ou mourir.

Seulement, je détestais le fait que notre monde se soit laissé aller à un tel niveau de destruction.

De nombreux métamorphes développaient des zones protégées en réponse à l'épidémie. Cela dit, ces zones n'étaient pas sûres pour les humains.

Nous vivions désormais dans un monde du chacun pour soi.

Après tout ce dont j'avais été témoin, je ne pouvais pas le leur reprocher. Les humains n'avaient pas vraiment cherché à mériter notre aide.

Cependant, cela ne m'empêchait pas d'essayer de changer les choses.

Du moins, jusqu'à maintenant.

Tout ça commençait à avoir l'air complètement inutile.

Les portes de l'avion se refermèrent et je me retrouvai seule avec Jonas à l'arrière.

— Nous n'emmenons personne d'autre ? demandai-je en jetant un coup d'œil par la fenêtre pour apercevoir le personnel militaire qui se battait tout autour de nous.

— Ils vont prendre les avions-cargos, expliqua Jonas d'une voix profonde et inhabituellement douce. Le personnel de recherche est prioritaire.

— Où est Kieran ?

Jonas poussa un grognement en détournant le regard de mon visage pour jeter un œil par la fenêtre.

— Dans un autre avion.

Je poussai un long soupir. Si Kieran avait été avec nous, il aurait pu distraire Jonas un moment. Je n'étais pas certaine de pouvoir me faire l'injection discrètement avec Jonas à côté de moi ni même de pouvoir récupérer mon inhibiteur. J'aurais dû le mettre dans mon sac à main.

Cela dit, je n'avais même pas mon sac à main avec moi.

— Où as-tu mis mes affaires ? demandai-je en me rendant compte que Jonas avait pris tout ce que j'avais sur moi avant de m'attacher.

Il n'y avait que deux rangées de sièges dans l'avion, ce qui signifiait que mon sac ne pouvait pas être bien loin.

Je me demande s'il y a une salle de bain à l'arrière. Ou une chambre ? Nous étions clairement à bord d'un jet de luxe, ayant probablement appartenu à un humain riche ou célèbre. *Peut-être que je peux récupérer mon sac et me cacher derrière.*

— Derrière la cloison, marmonna Jonas en désignant de la tête une étagère derrière nous.

— Et où allons-nous ? demandai-je au moment où le jet se mit à rouler vers le tarmac.

Toute cette zone était auparavant une base secrète du gouvernement des États-Unis et le bunker souterrain avait été spécialement conçu pour mener des recherches top secrètes.

Il ne restait plus beaucoup de lieux équivalents dans lesquels nous pouvions nous rendre. D'où ma question. Je voulais aussi savoir si j'avais suffisamment de temps pour prendre mon sac et disparaître dans les toilettes.

— Vers l'est.

Jonas ne me donna aucune autre précision et son attention se tourna vers le pilote.

Mes narines frémirent, conscientes de ce qu'il sentait. *La peur. La souffrance. La terreur.*

C'était une puanteur habituelle dans mon labo, mais ce n'est pas pour autant que j'y étais habituée.

Jonas resta silencieux pendant le décollage, mais ses yeux se plissèrent un peu lorsque l'odeur ne disparut pas.

Je fronçai les sourcils.

— Qu'est-ce qu'il y a ? dis-je à voix basse, même si le bruit des moteurs couvrait notre conversation.

Jonas ne me répondit pas, mais détacha sa ceinture et se pencha en avant, les narines dilatées.

Mon regard passait alternativement de lui au pilote.

Puis, je repérai une nouvelle odeur, une odeur qui me rappelait celle de la chair en décomposition.

Ma bouche s'assécha. *Oh non…*

Je ne connaissais que trop bien cette odeur.

Il y a un Infecté à bord de l'avion.

Jonas se tenait debout, faisant rouler ses épaules pour détendre sa posture.

Il décrocha son flingue de sa hanche et visa.

En plein sur la tête du pilote.

CHAPITRE 2
RILEY

— *Jonas*, sifflai-je, si tu rates ta cible…

Le pilote fut pris de convulsions et Jonas se mit à jurer.

— Tu vas dépressuriser l'avion ! hurlai-je au moment où il s'avançait, son arme toujours levée.

Il ne m'écoutait pas bien sûr. Il était entièrement focalisé sur l'humain qui s'était mis à grogner.

Je ne pouvais pas voir l'endroit où il avait été mordu. Cependant, maintenant que j'y faisais attention, je pouvais sentir l'infection.

Merde.

Je comprends mieux pourquoi il dégageait une telle terreur. Il avait été mordu et savait parfaitement ce qui allait se passer.

Ces putain de mortels continuaient à prendre mauvaise décision sur mauvaise décision, ce qui était la raison même de la propagation du virus.

Le complexe du mont Cheyenne, un site qui avait été considéré comme l'un des lieux les plus sûrs du monde, avait été anéanti par un seul sénateur. Celui-ci s'était fait mordre, mais il n'en avait parlé à personne, et ce n'est qu'une fois *à l'intérieur* du complexe qu'il avait commencé à avoir les symptômes.

Dès lors, il avait été impossible d'éviter la catastrophe.

Il avait mordu quelques humains.

Qui en avaient à leur tour mordu d'autres.

Et l'infection s'était répandue.

Le pire dans tout ça, c'était que la moitié des Infectés étaient d'anciens militaires. Il ne s'agissait pas seulement de créatures sans cervelle qui essayaient de sortir de la montagne en dévorant tout sur leur passage. Il s'agissait de créatures armées qui savaient instinctivement se servir de leurs pistolets.

Ce qui ne les empêchait pas de vouloir manger tous ceux qui croisaient leur route.

Toutes les facultés humaines ne disparaissaient pas avec le virus, mais la part d'eux qui savait distinguer le bien du mal était annihilée.

Le virus lui-même transformait ses hôtes en cannibales, d'où l'utilisation du terme *zombie*, tout en leur retirant tout sens du danger ou de leur propre mortalité.

Il touchait aussi d'autres zones neurologiques, dont la zone du langage, ce qui se manifestait à l'instant chez notre pilote, tandis qu'il essayait de se défendre contre Jonas.

Une série de paroles gargouillées s'échappa de sa bouche et je crus entendre qu'il essayait de s'excuser.

— C'est juste une égratignure, semblait-il dire.

C'est suffisant, pensai-je tristement. Cela faisait partie des nombreuses mutations du virus. Il se répandait si facilement maintenant que certains chercheurs craignaient qu'il ne devienne transmissible par voie aérienne. Si ce n'était pas déjà le cas.

Les métamorphes craignaient également qu'il finisse

par évoluer suffisamment pour pouvoir nous affecter tous. Cette inquiétude n'avait fait que s'amplifier lorsque des loups cendrés avaient commencé à réagir au virus.

Heureusement, il ne semblait pas s'être étendu à beaucoup d'autres d'entre nous pour le moment.

Cependant, la situation évoluait tellement rapidement qu'il était difficile de savoir où nous en serions d'ici un siècle, voire même quelques décennies ou l'année prochaine.

Le pilote bredouilla quelques mots incompréhensibles et se leva difficilement. Son bras vint balayer plusieurs leviers et l'avion fut projeté brutalement sur le côté.

Je poussai un cri aigu en enfonçant mes ongles dans les accoudoirs en cuir de mon fauteuil. Je vis Jonas s'écraser sur le mur à côté de lui. *Merde !*

Il poussa un rugissement qui fit trembler mes genoux. Ma louve intérieure se soumettait à lui. *Oh, lunes…*

Son odeur boisée emplit l'air autour de moi, l'Alpha laissant ressortir son côté dominant d'une manière inédite à mes yeux. Je n'avais pas réalisé à quel point il le réprimait habituellement… jusqu'à maintenant.

Jusqu'à ce qu'il se redresse et charge vers le pilote.

Son pas était assuré et ses mouvements fluides, affûtés par des décennies d'expérience. Peut-être même plus. Je n'avais aucune idée de l'âge de Jonas, je savais seulement qu'il était plus vieux que moi.

Et largement plus puissant.

Sa veste en cuir moulait ses muscles lorsqu'il envoya le pilote au sol, coinçant la tête de l'humain entre ses grandes mains avant de lui tordre violemment le cou.

Le claquement parvint jusqu'à mes oreilles, malgré les vibrations du moteur, et le bruit de cette nuque qui se brisait envoya un frisson le long de ma colonne.

C'était tellement facile.

Tellement rapide.

Cela dit, le jet avait emprunté une trajectoire qui nous menait droit à notre mort si quelqu'un ne faisait pas quelque chose rapidement.

Je détachai ma ceinture, mais Jonas me cloua sur place d'un seul regard.

— Ne bouge pas.

Ses paroles me ceinturèrent à la façon d'un nœud coulant, exigeant ma soumission immédiate.

Je levai les mains pour lui confirmer mon obéissance.

Il se dirigea vers le cockpit.

— Est-ce que tu sais piloter un avion, au moins ?

Mes paroles ne furent qu'un murmure étouffé, tant je n'étais pas sûre de vouloir une réponse à ma question.

Mais il avait bel et bien entendu puisqu'il me jeta un regard glacial par-dessus son épaule avant de s'installer sur le siège du pilote et de commencer à tripoter le tableau de bord.

Je me tins le ventre lorsqu'il fit quelque chose pour stabiliser la trajectoire de l'avion. *Argh !* La pièce tournoyait légèrement. À moins qu'il ne s'agisse de l'avion. À moins que ça ne soit dans ma tête. Difficile à dire.

Un vertige, expliqua le médecin en moi. *Une terrible crise de vertige.*

J'essayais de me concentrer pour voir ce qui se passait, mais ma vision était brouillée.

J'espère vraiment que Jonas arrive à y voir quelque chose, pensai-je, de plus en plus étourdie. *J'espère vraiment qu'il sait… ce qu'il fait…*

Mes entrailles se tordaient tandis que nous continuions à traverser le ciel, et j'entendis une voix lointaine me dire :

— Il va falloir que tu me guides.

— Sans déconner.

— Vers où je me dirige ?

— Va…

Un bruit d'ondes brouillées s'ensuivit et l'écho me fit grimacer.

— Je n'ai pas saisi, Kieran.

La voix de Jonas était devenue plus claire, mais je n'arrivais toujours pas à le voir à travers ma vision floue.

— Keiran ? *Merde !*

L'atmosphère changea de nouveau, ce qui me donna des haut-le-cœur.

— Il faut qu'on atterrisse.

Ses mots étaient clairs, la voix de Jonas puissante. Mais je ne savais pas s'il s'adressait à moi ou à Kieran.

Est-il en train de lui parler par radio ? Est-ce que c'est seulement comme ça qu'on appelle les appareils de communication d'un avion ? Aucune idée.

— Quoi que tu fasses, ne te lève pas, ajouta Jonas.

Je supposai que cela s'adressait à moi. Plutôt que de lui répondre, j'essayai simplement de m'enfoncer encore un peu plus dans mon siège pour éviter de vomir.

Cela dit, j'avais l'estomac complètement vide.

J'avais raté le petit déjeuner, à cause de mon débat intérieur à propos des inhibiteurs.

Maintenant, j'étais plutôt reconnaissante pour cela, surtout lorsque l'avion se remit à plonger. Je n'étais pas particulièrement sensible au mal des transports mais là, c'était extrême.

Jonas poussa un juron.

J'entendis de nouveau la voix de Kieran, malgré une communication hachée.

Je n'arrivais pas à déchiffrer ses paroles, mais Jonas répondit par ce qui semblait être des coordonnées.

Il me cria ensuite de m'accrocher.

À quoi ? eus-je envie de demander. Je repliai les bras autour de moi tandis que ma ceinture me retenait prisonnière. *Ce n'est vraiment pas la manière dont j'ai envie de mourir.*

Louve ou non, je doutais de pouvoir survivre à un crash d'avion.

Nous avions la capacité de guérir rapidement, mais pas aussi rapidement.

L'avion trembla violemment, et le changement de pression me fit mal aux oreilles. *Merde. Merde. Merde.*

Un grondement fit vibrer l'air de la cabine. Il s'échappait de Jonas. Je frémis en réponse, ma louve gémissant en moi.

Tout ça va mal finir.

Très mal.

Pourquoi n'avons-nous pas vérifié l'état du pilote ?

Comment s'est-il fait mordre ?

Putain !

Je sursautai dans mon siège lorsque les ailes s'agitèrent et que les roues grincèrent sous l'appareil.

Mes yeux s'ouvrirent bursquement, mais le vertige maculait encore ma vision de points noirs. Cependant, je pus distinguer que Jonas venait de faire sortir le train d'atterrissage.

On va trop vite.

Trop vite.

On va s'écraser !

J'entendis un nouveau grognement, suivi d'un grondement distinct qui me coupa le souffle. *Un ronronnement.*

Non. Non, je devais me tromper.

Pourquoi Jonas ronronnerait-il ?

Pourtant, c'est exactement ce que je percevais. Un ronronnement doux et apaisant.

Je m'agrippai de nouveau aux accoudoirs de mon

siège. Son ronronnement continuait à résonner dans la cabine, comme amplifié par les haut-parleurs.

Pourquoi fait-il ça ?

Est-il en train d'essayer de... me calmer ?

Suis-je en train de devenir folle ?

Je levai les mains vers mon visage, mais un mouvement brusque me fit agripper le siège une fois de plus.

— Jonas...

— Respire, Riley, répondit-il.

Sa voix forte me confirma qu'il avait allumé les haut-parleurs.

Son ronronnement continua, le son m'enveloppant dans une couverture chaude et familière. Cela faisait des années que je n'avais pas entendu un Alpha ronronner. Peut-être dix ans, voire plus. Un ronronnement qui ne m'était pas adressé, mais qui visait un autre métamorphe.

Pourtant, celui-ci...

Cet Alpha ronronnait pour *moi*.

Ma louve intérieure fut instantanément calmée, comme si l'univers était parfaitement en place autour de moi.

C'est à ce moment-là qu'une secousse brusque agita l'avion et me tira de mon état paisible. Mes dents claquèrent et le son grinçant des freins emplit l'atmosphère.

Nous avons atterri, pensai-je, surprise. *Il... il a réussi à faire atterrir l'avion. Il a vraiment réussi !*

Son ronronnement se transforma en un nouveau grognement tandis qu'il se battait avec les manettes de l'avion pour l'arrêter, le grincement effroyable des roues sur le sol comme je n'en avais jamais entendu auparavant.

Puis tout à coup, nous nous arrêtâmes. Un étrange calme s'abattit soudain.

Tout l'air contenu dans mes poumons s'échappa, alors

que mon esprit luttait pour comprendre ce qui venait de se passer.

Jonas était encore attaché au siège du pilote. Je n'avais pas la moindre idée à quel moment il avait réussi à mettre sa ceinture, mais il était attaché et regardait droit devant lui.

Le pilote était mort.

Je jetai un coup d'œil par le hublot. Nous semblions être dans un ancien aéroport. Ou du moins, sur une très longue piste bordée de poteaux qui me rappelaient ces lumières clignotant la nuit pour baliser les pistes d'atterrissage. Seulement nous étions au petit matin et le soleil se levait doucement, illuminant toute la piste.

On pouvait également apercevoir un long bâtiment qui ressemblait à un aéroport avec ses terminaux et ses rampes.

Derrière le bâtiment se trouvaient des arbres, mais je pouvais sentir l'odeur des Infectés. Leur chair pourrissante laissait dans l'air une puanteur que ma louve repéra immédiatement et qui m'asséchait la bouche.

Où sommes-nous ?

Nous n'étions pas à Atlanta. Nous n'étions restés dans les airs qu'une vingtaine de minutes.

Étions-nous arrivés à Asheville ?

À Charlotte ?

Quelque part en Caroline du Sud ?

Jonas sortit du cockpit et son regard glacial se tourna immédiatement vers moi pour m'évaluer. Il avait enlevé sa veste en cuir à un moment donné, et ne portait plus que son jean et une chemise blanche. Étant donné qu'il devait faire quarante degrés à l'extérieur, cela parut adapté.

Mais il ne transpirait pas.

Il était seulement rempli d'adrénaline, son loup Alpha affleurant à la surface. Il ne dit rien, se contentant d'étudier ma gorge, ma poitrine, ma taille et ensuite mon visage avant de hocher la tête.

— Il faut qu'on sorte d'ici, dit-il en retirant sa chemise.

Je soulevai un sourcil.

— Qu'est-ce que tu fais ?

— Je me transforme, répondit-il.

Toute trace de ronronnement avait disparu.

J'ai dû l'imaginer.

Jonas porta la main à sa ceinture et ses muscles se tendirent.

— Il faut aussi que tu te transformes, Riley.

Je le fixai en clignant des yeux.

— Quoi ?

— Il nous faut nous enfuir, expliqua-t-il. Sous forme de loup, nous allons filer droit vers la forêt. Nous rejoindrons la base à pied.

— *Quoi ?* répétai-je, bouche bée.

Je n'étais pas idiote, j'avais très bien entendu ce qu'il venait de dire.

Mais se transformer ? Maintenant ? Alors que j'étais sur le point de commencer mes chaleurs ? Non seulement cela signifiait laisser mes inhibiteurs ici – je ne pouvais pas les porter sous forme de louve – mais cela signifiait aussi métaboliser le peu de sérum qui me restait dans le corps.

— Je ne peux pas me transformer.

Il marqua une pause, la main sur la braguette de son pantalon.

— Pardon ?

— Il doit bien y avoir un autre moyen. Nous avons nos affaires à prendre. Je ne peux pas… nous ne pouvons pas… Il doit y avoir un autre moyen.

Jonas me fixa un instant du regard.

— Lève-toi.

— Jonas.

— *Maintenant.*

La domination que contenait cet unique mot me poussa à agir avant de pouvoir réfléchir.

— Ne t'avise pas de sortir des grognements d'Alpha avec moi, répliquai-je d'un ton sec.

Je défis ma ceinture et me levai avant d'ajouter :

— Je ne suis *pas* ta subordonnée.

Il grogna et m'attrapa par les hanches au moment où je vacillai. Je n'avais pas anticipé la faiblesse de mes membres ni réellement réfléchi à mes mouvements avant de les faire.

Tout cela parce que ma louve intérieure faisait ce qu'avait exigé l'Alpha sans réfléchir.

Traîtresse, lançai-je intérieurement à mon côté Oméga.

Elle répondit en se penchant vers Jonas pour renifler son odeur boisée.

Ça suffit, lui ordonnai-je. *Il ne nous appartient pas.*

Heureusement, Jonas ne sembla pas le remarquer. Il était trop occupé à me faire descendre l'allée vers l'avant de l'avion. Mes jambes étaient complètement molles, tant cet atterrissage forcé avait affaibli mes membres.

Cela dit, ça pouvait également provenir de l'imminence de mes chaleurs.

Ou peut-être était-ce les deux à la fois.

Cette journée est de pire en pire, murmurai-je dans ma barbe. Cette pensée ne fit que se confirmer au moment où Jonas montra du doigt le pare-brise à l'avant de l'avion.

Ma bouche s'ouvrit, sans laisser sortir le moindre mot.

Parce que *bordel de merde*.

Une armée d'Infectés flânait dans notre direction. Au moins une centaine. Peut-être plus.

— Il faut qu'on… qu'on…

— Court, termina Jonas à ma place. Et nous serons plus rapides sous forme de loups.

J'allais suggérer que nous prenions une voiture ou

quelque chose d'encore plus rapide que de courir à quatre pattes.

Cependant, nous n'avions pas atterri ici sans raison et de toute évidence, nous ne pouvions pas rester plus longtemps dans cet avion.

À moins que...

— Kieran sait-il où nous sommes ?

Jonas relâcha son étreinte.

— Même si c'était le cas, il ne viendrait pas nous chercher. Nous devons nous débrouiller jusqu'à ce que nous atteignons la base.

— Pourquoi ne pourrait-il pas revenir sur ses pas et nous prendre ? demandai-je, particulièrement consciente du ton indigné de ma voix.

Je ne voulais vraiment pas me comporter aussi mal envers Jonas. C'était juste ma réaction naturelle à sa proximité. À la chaleur qui émanait de lui. À sa présence tellement... *Alpha*.

— Parce que ce serait trop dangereux.

Jonas attrapa mon menton entre ses doigts et me força à le regarder.

— Arrête donc de jouer les rebelles, docteure. C'est mon boulot de te protéger, ce qui fait effectivement de toi ma subordonnée dans un temps comme celui-ci. Alors redescends un peu sur terre et transforme-toi immédiatement. Soit ça, ou je t'y oblige, c'est compris ?

Je le regardai avec effroi, partagée entre la fureur et le choc. C'est finalement le choc qui l'emporta, car c'était la première fois qu'il me parlait aussi longtemps.

Jonas était un homme peu bavard.

Pourtant, il venait de prononcer un discours.

Un discours qui se terminait par la menace de me forcer à me transformer, ce qui aurait dû me mettre dans une colère noire, mais au fond de moi, je savais qu'il n'avait pas tort.

Je me montrais injuste envers lui et lui rendais la vie difficile sans raison.

En tout cas, pas pour des raisons qu'il pouvait comprendre. Des raisons que je ne pouvais pas lui expliquer sans révéler mon identité d'Oméga.

Je n'étais absolument pas prête à affronter les conséquences d'un tel aveu.

Je me mordis la lèvre. Les inhibiteurs ne servaient pas seulement à apaiser mes instincts d'Oméga et mes chaleurs, ils amoindrissaient également ma louve. Ce qui signifiait que je n'étais pas certaine de pouvoir me transformer si je me faisais une injection maintenant.

Je ne pouvais pas non plus emporter le sérum dans ma gueule. Ce serait dangereux pour de nombreuses raisons. J'allais probablement devoir me servir de mes dents pour traverser la horde d'Infectés qui nous attendait dehors.

Merde.

Jonas avait raison. Je devais me transformer, ce que j'aurais eu beaucoup de mal à faire si je m'étais inoculée ce matin. Peut-être mes doutes étaient-ils finalement un coup de pouce du destin.

Cela dit, je me retrouvais dans une situation compliquée.

Une situation qui risquait fort de révéler mon identité à Jonas.

— Riley.

Le grondement dans sa voix me prévenait qu'il arrivait au bout de sa patience. Si je ne me mettais pas à obéir maintenant, il allait prendre les choses en main.

Et je ne pourrais m'en prendre qu'à moi-même face aux conséquences.

Je suis tellement dans la merde, pensai-je en commençant à déboutonner mon chemisier.

Jonas avait déjà retiré son pantalon et ses chaussures, son entrejambe à peine couvert par son caleçon noir.

J'essayai de ne pas le regarder.

Sans succès.

Jonas était vraiment un spécimen impressionnant.

Ouais, vraiment, vraiment, vraiment dans la merde, clarifiai-je pour moi-même.

Ma louve intérieure haletait déjà et je n'étais même pas encore en chaleur.

J'avais peu d'options. Je pouvais lui confier la vérité et admettre mon statut d'Oméga, mais cela ne changerait rien à notre situation présente. Ça risquait seulement d'empirer les choses.

Bon, alors tu te transformes, tu cours et tu trouves un abri. Tu te caches.

Je n'avais plus qu'à prier pour que mes chaleurs ne se déclenchent pas avant que nous ayons atteint notre destination finale.

Où que nous allions.

Je poussai un juron à voix basse en terminant de me déshabiller, tandis que Jonas m'observait avec un regard indéchiffrable. J'avais une envie irrépressible de lui lancer une nouvelle méchanceté, mais je me retins.

Il avait raison, il fallait que je commence à le laisser faire son travail.

Je soupirai, faisant appel à mon animal intérieur pour lui laisser la liberté de prendre le relais. Elle accepta avec joie, et mes membres se tordirent tandis que la transformation s'enclenchait.

Jonas ne bougea pas, son regard glacial fixé sur moi tout ce temps.

Et toujours complètement indéchiffrable.

Mon animal l'ignora, entreprit de s'étirer et frissonna en réaction à la sensation d'être aux commandes après plusieurs mois passés à refouler mon besoin de métamorphose.

Jonas s'accroupit et croisa mon regard.

— Tu vas pouvoir courir ?

Je reniflai avec mépris. *Évidemment que je peux courir.*

— Ça se voit que tu ne t'es pas transformée depuis un moment, ajouta-t-il en levant la main comme pour me toucher.

Il la laissa retomber avant d'atteindre ma tête.

Si j'avais pu froncer les sourcils, je l'aurais fait. *Comment ça, ça se voit ? Est-ce que ma fourrure est différente ?* Je jetai un coup d'œil à mes pattes et ne vis rien d'autre que ma douce fourrure brun roux. Je me mis à me trémousser pour tester mon équilibre et sentis que j'étais stable sur mes pattes.

J'étais peut-être un peu maigre en effet.

Cela dit, c'était le lot des Omégas.

Jonas m'observa encore un peu et se redressa.

— Si tu as besoin que je ralentisse, tu n'auras qu'à hurler.

Je reniflai de nouveau. *Je suis capable de te suivre, Alpha. Crois-moi.*

C'est vrai que cela faisait quelque temps que je ne m'étais pas transformée, et j'étais peut-être menue, mais j'étais rapide.

Il retira son caleçon, m'offrant une jolie vue sur… eh bien, sur *tout.* Ma louve faillit se mettre à ronronner en réaction, mais je ne pouvais pas émettre un tel son. Seuls les Alphas en étaient capables. Cependant, elle l'admirait ouvertement.

L'énergie agressive qui émanait de lui n'aidait pas à la calmer.

Il était le summum du mâle dominant.

— Suis-moi, dit-il en se dirigeant vers la porte pour la déverrouiller.

Il sauta ensuite hors de l'appareil pour atterrir sur le sol, *sans* escaliers.

Je le regardai bouche bée, car la chute était conséquente. Comment exactement voulait-il que je le suive ?

— Il n'y a pas plus de deux mètres et demi, m'encouragea-t-il. Saute, Riley.

Ma louve avait envie de refuser cet ordre, mais les bruits stridents qui provenaient des Infectés me poussèrent à obéir sans réfléchir.

— Bonne fifille, lança Jonas quand mes pattes touchèrent le béton. Voyons maintenant si tu sais courir vite.

CHAPITRE 3
JONAS

Riley vibrait d'anxiété à côté de moi, remuant les narines alors qu'elle décelait l'odeur de chair en décomposition qui flottait dans l'air.

Ou du moins, je supposais que c'était pour ça.

Parce que je pouvais difficilement sentir autre chose que la puanteur âcre de la chair de zombie.

Putain, quel bordel !

Le camp avait été compromis, et cela à cause d'un humain qui avait laissé un groupe entrer sans les examiner correctement.

Il suffisait d'un seul mortel infecté pour répandre le virus.

Et c'est ce qui s'était passé.

Notre pilote mort en était la preuve.

J'avais rapidement compris que quelque chose n'allait pas à en juger par son odeur, mais j'avais réagi quelques secondes trop tard et nous avions déjà décollé quand j'avais compris le problème.

Merde !

Je me passai la main sur le visage et me concentrai à nouveau sur notre environnement. Maintenant que nous étions descendus de l'avion, j'arrivais à mieux voir que depuis le cockpit.

Tant mieux, parce que mon nez ne me servait pas à grand-chose pour le moment.

Nous avions atterri juste à côté d'Asheville. Cela signifiait que nous étions près des montagnes, mais également à proximité d'un ancien lieu touristique prisé.

Ce qui signifiait qu'il y aurait beaucoup d'humains infectés.

Mais aussi une multitude d'arbres pour nous mettre à couvert.

Il nous fallait seulement traverser la barrière de mortels zombifiés et nous diriger vers l'est en direction de Fort Bragg.

La base possédait encore une petite unité opérationnelle, qui était essentiellement là pour protéger les familles de militaires et les quelques civils chanceux qui avaient réussi à atteindre la barrière de protection.

J'avais dit à Kieran que nous trouverions un moyen d'atteindre la base pour attendre un nouvel avion.

Il avait approuvé mon plan étant donné qu'Asheville n'était pas facilement accessible en ce moment. Comme notre avion avait été l'un des derniers à quitter le camp du CDC, il était compliqué pour qui que ce soit de venir nous chercher dans l'immédiat.

Nous devions donc nous débrouiller seuls pour le moment.

Et un voyage d'environ quatre cents kilomètres s'étalait devant nous.

L'idéal serait de pouvoir trouver une voiture.

Autrement, nous ferions le trajet à quatre pattes.

Si nous gardions un rythme raisonnable, nous pouvions y arriver en cinq à six jours. Il nous faudrait trouver des lieux sûrs pour nous reposer en chemin et ce serait probablement la partie la plus compliquée de notre trajet.

Ça, et survivre aux Infectés qui s'avançaient vers nous.

Hmm.

Le plus simple aurait été d'utiliser les armes qui se trouvaient dans l'avion et de mitrailler la horde d'Infectés, avant de traverser en courant le trou que cela aurait créé.

Le problème était que Riley avait un faible pour les Infectés. Je suppose que ce genre d'instinct lui venait de son travail incessant en tant que cheffe d'équipe pour trouver un remède à cette maladie. Il fallait forcément être compatissant pour se consacrer comme elle le faisait à une telle tâche.

Ce sens du dévouement était l'un de ses traits les plus attirants.

Je respectais son besoin de trouver des solutions.

Quelque chose me disait qu'elle ne cesserait jamais de chercher un remède, même s'il s'avérait que c'était impossible. Riley n'était pas du genre à abandonner facilement ; encore une qualité que j'admirais chez elle.

Cependant, ce dévouement à son travail m'imposait d'approcher les choses de manière stratégique.

Je savais que le fait de blesser inutilement des Infectés allait la contrarier. C'était d'ailleurs la raison pour laquelle elle était restée paralysée au moment de sortir de l'ascenseur tout à l'heure. J'avais presque dû la traîner jusque dans l'avion.

Je ne pouvais pas me permettre de faire ça maintenant ; elle était petite, mais pas suffisamment pour que je puisse la porter dans ma gueule comme un louveteau.

Cela signifiait ne pas massacrer les Infectés avec mes dents et mes griffes.

Ce n'était pas l'idéal, mais je voulais pousser Riley à coopérer et éviter qu'elle ne s'immobilise au milieu d'un nid d'Infectés.

— Bon, alors nous allons traverser cette ligne là-bas, dis-je en désignant la partie la plus faible de la horde. Ensuite, nous allons courir aussi vite que possible en contournant les masses d'individus.

Je la regardais dans les yeux, cherchant à m'assurer qu'elle avait bien entendu mon ton autoritaire. Il était hors de question de dévier de ce plan.

Son regard bleu azur avait pris une teinte bleu nuit dans sa forme de louve ; quelque chose que je n'avais jamais remarqué auparavant, car elle avait toujours refusé d'aller courir avec moi.

Ces grandes sphères sombres semblaient briller contre sa belle fourrure rousse, dont la nuance rappelait ses cheveux auburn.

Elle était petite pour une Bêta.

Presque chétive.

Cela m'inquiétait un peu quant à sa capacité à tenir le rythme, mais elle avait semblé vexée lorsque je lui avais posé la question quelques minutes auparavant.

Pourtant, cela m'avait paru naturel après avoir été témoin de sa transformation. La lenteur de celle-ci suggérait qu'elle n'avait pas beaucoup d'expérience dans ce domaine. Cela dit, c'était impossible puisqu'elle avait au moins trente ans.

Quoi qu'il en soit, il y avait quelque chose d'étrange là-dedans. Seulement, je ne savais pas ce que c'était et j'espérais que ça ne nous ralentirait pas.

— Je vais essayer de me montrer aussi doux que possible avec eux, dis-je.

Je continuai à lui expliquer les détails de mon plan en espérant que cela la rendrait plus conciliante.

— Mais ils sont clairement beaucoup plus nombreux que nous, Riley. Ça reste mon travail de te protéger, c'est important que tu t'en souviennes, d'accord ?

Elle renâcla.

Je ne savais pas s'il s'agissait d'un grognement moqueur ou d'une approbation, mais je choisis de croire qu'elle approuvait.

Si elle voulait survivre, elle allait devoir me faire confiance.

Je n'avais plus le temps de me soumettre à cette petite rousse au tempérament de feu.

On ne m'avait pas demandé d'être son garde du corps pour rien, et je prenais mon travail très au sérieux. Il était temps qu'elle en fasse autant.

J'apprécierais un peu de respect, pensai-je en la regardant.

Cela dit, je savais que ça ne servait à rien de le dire à voix haute. Elle avait été très claire depuis le début : elle n'approuvait pas ma présence auprès d'elle.

Je ne comprenais pas pourquoi.

Et je n'allais pas perdre mon temps à me torturer en essayant d'analyser quelque chose qu'elle seule pouvait expliquer.

Je fis rouler ma nuque, détendis mes membres et donnai à ma bête intérieure la permission de s'imposer. Il accepta immédiatement, me faisant passer à quatre pattes dans un geste élégant, perfectionné par presque un siècle d'entraînement.

J'étais beaucoup plus rapide que Riley.

Et beaucoup plus grand aussi.

Chose qui devint encore plus évidente quand j'entrepris de m'étirer à côté d'elle pour me préparer à courir. La louve de Riley m'examina ostensiblement, ses iris sombres parcourant chaque centimètre carré de ma fourrure claire.

Mon animal avait envie de se pavaner devant ce regard intense tant il avait soif de son admiration, après avoir passé des mois à la convoiter tel un jeune loup adolescent.

Ridicule !

Je n'arrivais pas à comprendre ce que cette femme avait de si particulier, mais elle hantait constamment mes rêves.

Ainsi que mes fantasmes les plus sombres.

Ce n'est pas le moment, me dis-je. *Concentre-toi sur ta course. On pourra jouer plus tard.*

Je commençai à avancer au trot, tout en gardant une oreille à l'affût de Riley et de la manière dont ses pattes caressaient doucement le béton au rythme de ses pas. *Souple et délicate.*

Pourtant, la femelle en elle ne faisait que montrer les crocs. Du moins avec moi.

Peut-être que ce périple nous ferait du bien. Peut-être que cela lui permettrait de comprendre que je n'étais pas son ennemi. De mon côté, j'arriverais peut-être à déchiffrer les raisons de son comportement… *et à lui prouver ma valeur.*

Ma valeur dans quel domaine ? Je n'en étais pas certain, mais je voulais lui prouver que je méritais une chance.

J'avais l'impression d'avoir passé une bonne partie de mon temps ces derniers mois à essayer de lui prouver quelque chose, avec pour seul effet de me voir systématiquement repoussé.

Elle ne pourrait plus m'éviter maintenant.

Elle avait besoin de moi.

Et j'avais bien l'intention de faire la preuve de ma force

de la seule manière que je connaissais : en prenant le rôle de chef.

Les Infectés qui nous entouraient se dirigeaient lentement vers nous, leur manque de coordination confirmant qu'ils ne s'étaient pas nourris récemment. La plupart des Infectés conservaient une certaine forme d'instinct naturel, ce qui rendait certains d'entre eux plus dangereux que d'autres.

Mais ceux-là n'étaient pas d'anciens militaires. Ils ne portaient aucune arme et n'avaient que leurs dents pour attaquer.

Et j'avais les dents plus longues.

De plus, mes facultés mentales étaient parfaitement aiguisées.

Riley restait à mes côtés, ce qui rassurait mon animal tandis que j'examinai à nouveau le périmètre pour évaluer la situation.

Je me mis à ralentir lorsque je me rendis compte qu'ils étaient plus nombreux dans ce secteur que ce que j'avais cru au départ.

Merde !

Ils étaient *beaucoup* plus nombreux.

Certains d'entre eux étaient dissimulés par la colline.

Il n'y avait rien d'étonnant à ce qu'il y ait autant d'Infectés par ici. Ils avaient probablement poursuivi quelques-uns de leurs repas jusqu'ici, puisqu'il s'agissait d'un lieu de départ évident.

Cela dit, je ne voyais aucun avion en état de fonctionner autour de nous, et encore moins de pilote compétent.

J'avais passé suffisamment de temps dans des cockpits pour connaître les bases, mais mes connaissances restaient limitées. Et ces limites excluaient de piloter ce jet jusqu'à notre destination finale.

La seule raison pour laquelle j'avais réussi à faire atterrir ce maudit engin était parce que le pilote avait mis en place une sorte d'itinéraire avant d'être submergé par la maladie.

Après ça, le jet était parti sur le côté parce qu'il avait involontairement donné un coup sur le tableau de bord. Une fois que j'avais redressé la trajectoire, cela avait permis de nous remettre sur le droit chemin.

De toute évidence, il avait prévu d'atterrir ici et de quitter l'avion au plus vite.

Je suppose que cela avait quelque chose d'honorable.

Cela dit, il n'aurait pas dû monter dans cet avion du tout.

Putain d'humains !

Voilà pourquoi ils ne m'inspiraient aucune sympathie : des décisions stupides comme celles de ne pas dire aux autres qu'ils ont été mordus.

La plupart d'entre eux avaient cette habitude de faire passer leur vie avant celle de n'importe qui d'autre, quitte à risquer la vie du groupe.

Beaucoup de métamorphes avaient commencé à adopter cette même mentalité, puisque nous étions nombreux à avoir choisi de favoriser notre propre survie en tenant les humains à distance. Étant donné la vitesse à laquelle le virus mutait, il était essentiel de l'isoler afin qu'il reste cantonné à ceux qu'il affectait déjà.

Mais nous avions pris ce genre de décisions seulement après avoir compris que les mortels se condamnaient eux-mêmes de manière méconnaissable.

D'accord, pensai-je en examinant à nouveau la foule grandissante. *Mon plan ne va pas fonctionner.*

Je marquai une pause pour réévaluer la situation et remarquai un autre point faible potentiel dans le groupe qui nous encerclait.

Je commençai à me diriger vers lui, avant de m'immobiliser à nouveau en sentant l'odeur puissante m'indiquant qu'il s'agissait d'une erreur.

La fourrure sur mon dos se hérissa par anticipation, mon loup prêt à l'attaque.

J'avais vraiment voulu faciliter les choses pour Riley, mais sa sécurité et sa protection étaient ma priorité pour le moment.

Ce qui signifiait que j'allais devoir me montrer un peu moins doux que ce que j'avais promis au départ.

Mon loup en était parfaitement convaincu.

J'espérais que Riley le serait aussi.

Poussant un grognement sourd pour l'avertir, je fis demi-tour vers l'endroit que j'avais désigné au départ et fonçai droit sur les Infectés.

Leurs hurlements stridents m'évoquaient le crissement des ongles sur un tableau noir, ce qui me glaça le sang.

Je détestais ce son presque autant que leur puanteur.

Mon loup se mit à charger, prêt à combattre, mais plutôt que de lacérer les Infectés, je traversai leurs rangs en les faisant tomber comme des quilles pour permettre à Riley de me suivre.

Ce qu'elle fit.

Ou du moins, c'est ce qu'elle essaya de faire.

Les Infectés étaient tellement affamés qu'ils refermèrent immédiatement l'ouverture que j'avais créée, se jetant sur elle en essayant d'enfoncer leurs dents dans sa fourrure.

Elle poussa un petit grognement féroce et se mit à les mordre en retour, à ma plus grande surprise.

Lorsque l'un d'entre eux lui agrippa la jambe, elle poussa un cri et enfonça ses crocs dans le cou de celui-ci.

Son animal a réellement pris le contrôle, réalisai-je. Soit Riley avait volontairement donné les rênes à la bête, soit la louve avait elle-même pris le contrôle par instinct de survie.

Quoi qu'il en soit, je décidai immédiatement de profiter de ce changement et sortis les griffes pour l'aider à se libérer de cette masse infâme. Puis je me tournai vers un autre groupe qui approchait et fit tomber plusieurs individus en leur assénant de violents coups de patte.

Riley se joignit à moi, le museau constellé de gouttes de sang.

Je poussai un grognement pour lui indiquer de me suivre et me dirigeai vers un autre groupe.

Celui-ci fut facilement décimé grâce au travail d'équipe de nos deux loups.

Je me suis clairement trompé, pensai-je en traversant ce dernier amas d'Infectés. *C'était plus facile que d'utiliser un fusil.*

Cela dit, ce n'était pas le moment de s'arrêter pour fêter la victoire, car d'autres Infectés commençaient déjà à se rassembler autour de nous.

Je jetai un coup d'œil du côté de l'aéroport pour me familiariser avec notre environnement et retrouver le sens de l'orientation.

Riley grogna, ce qui attira mon attention vers elle. Elle avait le regard fixé sur un nouveau groupe d'Infectés, les babines retroussées.

C'est clairement sa louve qui ressort, songeai-je. Peut-être est-ce la source de son tempérament de feu.

Je la mordillai pour attirer son attention et désignai ensuite du museau la direction dans laquelle je voulais partir.

Elle cligna des yeux, comme si elle émergeait du brouillard, et son regard me parcourut de nouveau. Un petit gémissement lui échappa et cela sema la confusion chez moi.

C'était clairement un signe de soumission.

Les Bêtas comme les Omégas s'inclinaient instinctivement devant les Alphas, mais il y avait quelque chose dans le son qu'elle venait d'émettre qui piqua la curiosité de mon animal. Il sonnait presque comme une demande.

Mais que me demandait-elle ? De partir ? De l'aider à s'enfuir ? D'aider son humain à reprendre le contrôle ?

Je n'en savais rien.

Ses yeux sombres brillaient à la lueur du soleil levant, ce qui me laissa apercevoir l'humain sous la fourrure. Juste un bref aperçu. Elle semblait lutter contre son animal.

Peut-être était-ce dans ce but qu'elle avait besoin de mon aide : pour dompter la bête en elle.

N'est-ce pas quelque chose qu'elle devrait déjà savoir faire ? pensai-je. *C'est ce que les louveteaux apprennent chez nous dès l'âge de cinq ans.*

Cela dit, ce n'était pas le moment d'en débattre ni d'y faire quelque chose. Nous devions absolument partir.

J'émis un ronronnement sourd, comparable à celui que j'avais poussé dans l'avion. C'était une vibration parfaitement naturelle, mais qui paraissait tellement dissonante ici. Les Alphas ronronnaient pour leur compagne désignée ou pour les membres de leur meute qui en avait besoin. Riley n'était pas du tout ma compagne et elle ne faisait pas non plus partie de ma meute.

Pourtant, mon loup ne semblait pas de cet avis.

À voir la manière dont son animal se balançait en ma direction, j'eus l'impression qu'elle aussi appréciait l'attention.

J'augmentai le volume pour la bercer vers un état de soumission et la guidai pour contourner la horde qui approchait, jusqu'à l'orée de la forêt près de nous.

Nous dûmes suivre une trajectoire en demi-cercle pour

aller dans la bonne direction, mais il y avait beaucoup moins d'Infectés dès que nous fûmes à l'abri des arbres.

J'évitai les quelques individus qui se mirent en travers de notre route sans jamais cesser de ronronner et j'entraînai Riley dans les profondeurs de la forêt.

Sa louve me suivait, comme si elle était hypnotisée. Elle n'avait probablement jamais entendu le ronronnement d'un Alpha. Certains Alphas ronronnaient pour aider ceux de leur meute, mais j'avais la nette impression que Riley était le genre de louve qui avait rarement besoin d'être ainsi apaisée.

Cependant, elle semblait avoir une réaction très positive.

Peut-être ai-je trouvé le chemin jusqu'à son petit cœur rebelle.

Si cela la rendait obéissante, j'étais bien décidé à ronronner toute la journée.

Je me contenterais de le justifier comme étant une condition nécessaire à sa protection.

Nous courûmes sur plusieurs kilomètres, à notre rythme, un trot rapide nous entraînant toujours plus profondément dans la forêt.

À aucun moment Riley ne me résista. Elle ne grogna pas. Elle n'essaya même pas de nous ralentir ou de nous faire changer de direction.

Elle me suivit sagement.

Alors comme ça, tu es capable d'obéir, songeai-je. *Tu as juste besoin qu'on te témoigne un peu d'affection.*

Peut-être était-ce la raison pour laquelle elle avait refusé mes nombreuses propositions d'aller courir ensemble par le passé. Elle savait que sa louve se soumettrait à mon loup.

Fascinant.

J'avais la capacité de la forcer à se transformer. Peut-être m'en servirais-je la prochaine fois qu'elle se rebellerait.

Je rechignai à une telle idée. Le ronronnement était une alternative plus douce. Je commencerais donc par ça, mais j'avais clairement noté la facilité avec laquelle son animal se soumettait.

Nous poursuivîmes notre chemin pendant quelques heures, ne nous arrêtant que de temps en temps pour renifler l'air et jeter un coup d'œil à la course du soleil.

J'avais toujours passé beaucoup de temps dehors, non seulement en tant que loup, mais aussi en tant qu'humain. J'aimais me perdre dans la nature et retrouver mon chemin plus tard. Il y avait là quelque chose de si libérateur. Je n'avais jamais vraiment eu un esprit de meute, préférant explorer en solitaire.

Peut-être était-ce parce que j'avais été élevé avec les loups du V-Clan dans le Secteur Sanglant. En tant qu'Alpha du X-Clan, j'avais toujours été un proscrit. Cependant, ma mère Oméga avait cédé aux avances d'un Alpha du V-Clan, et comme mon père biologique était mort, c'était logique pour nous de vivre en Islande avec la meute de son compagnon.

C'était très différent de la plupart des meutes du X-Clan que je connaissais, et ce n'était pas seulement lié à leurs capacités magiques, mais aussi à la manière dont ils traitaient les membres de leur clan.

Cela dit, c'était peut-être particulier au Secteur Sanglant. Je n'appréciais pas particulièrement Kieran, mais c'était un bon leader. Il avait clairement réussi à charmer la meute, malgré sa situation unique.

Il avait également charmé Riley.

Mais il s'agissait d'un tout autre sujet que mon loup n'était pas prêt à aborder pour le moment. Il était clair que les deux docteurs étaient plutôt *proches*.

Je ne voulais pas vraiment penser à la nature de cette proximité.

Ou à la façon dont elle se montrait toujours adorable envers lui. À la façon dont elle lui souriait et riait à ses blagues.

Voilà exactement la raison pour laquelle je ne vais pas y penser, décidai-je en accélérant un peu le pas.

Riley émit une faible protestation, ce qui me poussa à ralentir de nouveau en me tournant vers elle. C'était la première fois qu'elle faisait preuve de désobéissance depuis que nous avions commencé notre chemin et en l'observant, je compris rapidement qu'il ne s'agissait pas d'un acte de rébellion. Elle m'indiquait simplement qu'elle n'arrivait plus à suivre.

Merde !

J'étais tellement concentré sur notre chemin et notre environnement que je n'avais pas remarqué à quel point elle était épuisée.

Quand a-t-elle mangé pour la dernière fois ? me demandai-je en observant sa frêle silhouette et ses yeux fatigués. *Et pourquoi ne m'a-t-elle rien dit ?*

Femelle entêtée.

Elle avait l'air sur le point de s'évanouir.

Ce n'était pas entièrement juste de ma part de rejeter la faute sur elle, cela dit. J'aurais dû faire un peu plus attention à elle.

Bon. Je reniflais autour de moi, à la recherche d'un quelconque signe de vie, ou de nourriture. Peut-être même de l'eau.

Au lieu de cela, le vent m'apporta un doux parfum.

Riley.

Étrange. Son parfum m'avait toujours attiré, mais quelque chose semblait avoir changé.

J'inspirai à nouveau pour essayer de discerner des nuances particulières, mais Riley frissonna, ce qui détourna mon attention. Il nous fallait trouver un abri et de la nourriture.

Tout en émettant un ronronnement rassurant, je tournai la tête vers une odeur de bois fraîchement coupé. Elle indiquait une présence humaine, ce qui signifiait qu'elle nous conduirait quelque part. Peut-être un campement, ou une cabane.

Il s'agissait en effet d'une cabane.

En réalité, il s'agissait même de plusieurs cabanes.

Je m'arrêtai derrière un arbre et repris forme humaine pour pouvoir utiliser ma voix. Mon corps trembla face à ce changement soudain, mon cou craqua pendant que mes membres se redressaient.

Le regard levé vers moi, Riley me fixait de ses yeux brillants, sa louve m'évaluant ouvertement de nouveau.

— Je vais aller jeter un coup d'œil. Reste sous ta forme animale au cas où il nous faudrait nous enfuir, d'accord ?

J'essayais d'appuyer mes paroles par un léger ronronnement, en espérant que cela la pousse à coopérer.

Sa louve réagit en s'asseyant.

Parfait, pensai-je en retenant un sourire.

— Si je découvre quoi que ce soit de problématique, je pousserai un hurlement, dis-je à la place, cherchant à éviter qu'elle retourne à ses insupportables manières d'enfant gâtée.

Je pris ensuite le chemin des cabanes, pieds nus, en mettant tous mes sens de métamorphe en alerte.

Il est l'heure de partir à la chasse.

CHAPITRE 4
RILEY

Quelque part en Caroline du Nord

Relève-toi, ordonnai-je.

Ma louve préféra s'allonger.

Écoute, je comprends. Tu es en colère parce que je ne t'ai pas laissée te transformer pendant... pendant un bon moment. Mais il faut que tu te reprennes.

Ma louve répondit par un petit soupir avant de poser sa tête sur le sol, avec une obéissance presque exagérée. L'Alpha lui avait demandé de ne pas bouger. Alors elle ne bougeait pas.

Ce n'est pas notre compagnon, lui dis-je.

Elle émit un grognement dédaigneux à mon intention.

Il ne nous appartient pas, insistai-je.

Cela faisait des heures que je psalmodiais ces paroles, mais elle était complètement hypnotisée par le ronronnement de Jonas.

Ronronnement qui, effectivement, était agréable. C'était la première fois que le ronronnement d'un Alpha

47

s'adressait à moi, alors je ne pouvais pas dire que je n'appréciais pas son effet sur moi.

Mais ça ne signifiait pas que j'étais prête à rester assise là comme un gentil toutou à attendre le retour de mon maître.

Malheureusement, c'était *exactement* ce que désirait ma louve.

D'ailleurs, elle désirait beaucoup plus que ça. Elle aurait voulu que le loup de Jonas la monte.

Ce qui était hors de question.

Dès qu'il allait comprendre que j'étais une Oméga, il allait me revendiquer. C'était quelque chose que je savais de manière certaine jusqu'au tréfonds de mon âme.

Tout comme je pouvais sentir l'approbation pleine d'impatience de ma louve. *Bon compagnon*, ronronnait-elle presque. *Mon compagnon.*

Il n'est pas à nous, répétai-je sèchement.

Ce qui était parfaitement inutile, évidemment, puisque mon animal ne comprenait pas vraiment mes paroles ou mes commentaires. Elle pouvait ressentir mes émotions et en général, nous étions en phases toutes les deux, mais j'avais fini par me dissocier peu à peu d'elle au fil des années, à cause des inhibiteurs.

Des inhibiteurs dont l'efficacité arrive très rapidement à son terme, me dis-je en soupirant intérieurement.

Les crampes avaient commencé il y a de ça quelques kilomètres, ce qui m'avait arraché quelques gémissements. Parce que c'était *douloureux*. Ça l'était toujours. De plus, ces chaleurs allaient être pires que d'habitude puisque cela faisait des années que je les réprimais.

Putain ! Il fallait vraiment que j'arrive à reprendre le contrôle pour aller me cacher. Que je fasse rapidement autre chose que de rester assise là comme une obéissante petite Oméga.

Mais je pouvais ressentir l'entêtement de ma louve.

Après tout, elle faisait partie de moi et j'étais têtue depuis la naissance.

C'est ce qui m'avait poussée à choisir de quitter ma meute, à fréquenter une université humaine et à obtenir tous mes diplômes. Mes parents n'approuvaient rien de tout cela. Ils auraient voulu me voir m'installer dans le Secteur Alberta avec la triade que mon père m'avait choisie.

J'avais préféré m'enfuir.

Mon père avait essayé de m'arrêter, mais je n'avais eu aucune difficulté à disparaître parmi les humains à cette époque. J'avais réussi à me créer une nouvelle identité grâce aux nouvelles technologies, et j'avais pu postuler dans les universités.

Les loups cessaient de vieillir à partir d'un certain âge, ce qui me permettait d'avoir l'air toujours jeune.

Cela dit, je n'étais pas bien vieille lorsque je m'étais enfuie.

J'avais seulement dix-neuf ans, l'âge parfait pour entrer à l'université.

J'avais accumulé de nombreuses dettes, mais vivre mon rêve en valait la peine.

J'avais commencé par une licence en biologie pour entrer ensuite en médecine. J'avais passé tous les obstacles de mon internat, puis j'avais continué mes études pour me focaliser sur les maladies infectieuses avant de finir par obtenir un doctorat en épidémiologie.

Cela faisait plus d'une décennie d'études et de pratique de la médecine.

C'est ce qui m'avait permis d'obtenir mon poste au CDC.

Un poste qui s'était rapidement transformé en

cauchemar lorsque l'amibe mangeuse de cerveau avait muté pour atteindre son état actuel.

Il avait suffi qu'un groupe d'adolescents décide d'aller se baigner dans le mauvais étang. Ils avaient plongé nus dans l'eau et en avaient inhalé par le nez. C'est à partir de là que la maladie avait commencé à muter.

De nombreux politiciens avaient parlé d'un malheureux hasard.

Les chercheurs, eux, avaient appelé cela un terrible concours de circonstances, car le virus avait ainsi muté à cause du sous-ensemble unique préexistant chez ses hôtes.

Je soupirai intérieurement. Désormais, la maladie avait muté de façon irrémédiable.

Le camp du CDC était l'un des seuls endroits où nous avions des tissus humains à examiner.

Est-ce que Kieran les avait emmenés ? Ou avaient-ils été laissés sur place et détruits ?

Je ne savais même pas où nous étions censés aller. Jonas ne me l'avait pas dit. Cela faisait des heures que je le suivais aveuglément à travers la forêt.

Enfin, pas vraiment. Ma *louve* l'avait suivi aveuglément.

Que devais-je faire maintenant ?

Est-ce que je restais assise là à attendre que mes chaleurs se manifestent ?

Je sentis mon estomac se tordre à cette idée.

Les choses étaient encore plus difficiles maintenant que je savais à quoi je faisais face. *Cet homme a le corps d'un dieu.*

Des traits fins. Des muscles saillants. Des abdos à lécher et un nœud avec lequel j'avais particulièrement envie de faire connaissance.

N'y pense pas. N'y pense pas. N'y pense pas.

Mais j'étais complètement en train d'y penser. Ce gros calibre. Son paquet impressionnant. Ces lourdes… *Arrête*, me dis-je sèchement. *Il n'est pas à nous.*

Ma louve souffla à nouveau, irritée par mon déni. Cela faisait des mois qu'elle avait envie de lui et elle avait la certitude que nous allions finalement l'obtenir.

Ce nœud.

En moi.

Nous attachant l'un à l'autre.

Dans une agonie bienheureuse.

Je serrai la mâchoire. Ou du moins j'essayai, mais ma louve refusa l'action.

J'aurais pu reprendre le contrôle, la forcer à céder et reprendre forme humaine. Cependant, j'étais un peu inquiète quant à l'impact que cela pourrait avoir sur mes chaleurs imminentes. Il était évident qu'elles avaient déjà commencé à altérer mes facultés mentales, d'où le fait qu'une magnifique image d'un Jonas nu hantait encore mes pensées. Une nouvelle transformation pouvait tout à fait empirer mon état actuel.

Un autre gémissement s'échappa une fois de plus de ma bouche, sans que je parvienne à le retenir.

Il y avait tellement longtemps que je ne m'étais pas laissé tenter par le sexe. J'avais fréquenté quelques Bêtas ainsi que quelques humains, bien sûr, mais jamais un Alpha. Cela pour des raisons évidentes. Je refusais d'être revendiquée contre mon gré.

Cependant, plus je pensais à Jonas, plus je me disais que cela ne me gênerait pas d'être revendiquée par lui.

Ce qui me foutait la trouille, car je savais que c'étaient les chaleurs qui parlaient, et non pas mon esprit.

Pas à nous. Pas à nous. Pas à nous.

Pense à ce qu'il te fera quand il apprendra la vérité, me dis-je. *Pense à la colère que cela va déclencher chez lui.*

J'avais défié la valeur de ce qu'est une Oméga en prenant des inhibiteurs. En tant qu'Alpha, cela le rendrait furieux contre moi. Il me punirait probablement en refusant de me nouer.

Au moins pendant un certain temps.

Suffisamment longtemps pour que je finisse par le supplier.

Par réellement le supplier.

Un grognement sourd se forma en moi à cette pensée. *Je le déteste. Je déteste les Alphas. Je déteste tout ça.*

Mais par-dessus tout, je détestais être attirée par Jonas.

Ce serait tellement plus simple si je le détestais réellement. Hélas, il n'avait jamais rien fait pour mériter ma haine.

En tout cas, rien d'autre que d'exister.

Je laissai échapper un lourd soupir, que ma louve accepta de pousser. Elle était l'incarnation du calme absolu, les oreilles dressées et à l'affût du retour de Jonas.

Aucune pensée concernant notre survie.

Aucun désir de s'enfuir.

Rien que l'acceptation calme de son destin.

Voilà pourquoi on donne plus de contrôle au côté humain, lui dis-je. *Nous avons un peu de bon sens. Tu ne penses qu'avec ton système reproducteur.*

Elle renâcla, pas forcément parce qu'elle me comprenait, mais juste en réponse au ton de ma voix. Ou peut-être à mon mécontentement face à une telle décontraction.

Nous n'étions pas entièrement déconnectées l'une de l'autre, juste suffisamment pour qu'elle puisse garder le contrôle pour le moment.

Parfois, je me demandais si Jonas avait facilité cela par ses mouvements, ses paroles et son *ronronnement.*

Non, probablement pas. C'était de ma faute parce que j'avais réprimé ma louve pendant toutes ces années.

Maintenant que je l'avais libérée, elle voulait prendre le

contrôle.

Et son premier objectif semblait être d'accepter Jonas en tant que compagnon.

Il ne sait même pas que tu es une Oméga. Il pense que tu n'es qu'une Bêta.

Un nouveau grognement.

Il ne veut pas de nous.

Elle ignora cette remarque.

Elle m'ignora.

Probablement parce qu'elle savait que je ne racontais que des conneries. Bien sûr qu'il voulait de nous. Ou du moins, ce serait le cas dès qu'il comprendrait la vérité.

Comment va-t-il me punir ? me demandai-je tout en ressentant un picotement au creux du ventre. *En me refusant l'orgasme ? En me mettant une fessée ? En me grognant dessus violemment ?*

Pourquoi toutes ces possibilités me paraissaient-elles attirantes ?

Oh, bien sûr ! Parce que mon corps se mettait à réfléchir par lui-même.

Pourquoi n'ai-je pas pris mes inhibiteurs plus tôt ? Il avait encore fallu que je remette tout en question. Bien sûr, c'était une bonne chose que je ne les aie pas pris, sinon j'aurais été incapable de me transformer et de courir avec Jonas. Il aurait alors compris que quelque chose n'allait pas de toute façon.

Les choses auraient été encore pires.

Peut-être.

Ou peut-être que la pire situation est devant moi parce que maintenant, je vais désirer son nœud.

Avec les inhibiteurs, j'étais capable de le repousser.

Dans mon état actuel, c'était impossible. Tous mes désirs interdits allaient revenir sur le devant de la scène.

Le museau de ma louve se mit à s'agiter tandis que

l'odeur de Jonas se faisait de plus en plus forte. Cependant, quelque chose venait se mêler à son parfum boisé. Une odeur de fumée.

Je me redressai. Ou plutôt ma *louve* se redressa.

Aucune de nous deux n'aimait cette odeur.

Qu'est-ce que c'est ? Pourquoi a-t-il altéré son état naturel ?

Nous reniflâmes l'air, en retroussant les narines.

Inacceptable.

Jonas entra dans notre champ de vision quelques secondes plus tard, vêtu d'un jean et d'une paire de bottes.

Également inacceptable, me dis-je. Pourquoi est-il habillé ?

Attends une seconde. Pourquoi voudrais-tu qu'il soit nu ?

Arrête de penser.

Il souleva un morceau de tissu devant moi.

— Je t'ai trouvé une robe d'été. Elle est rose.

Oui, je peux le voir, répliquai-je d'un regard. *Je ne suis pas encore daltonienne.*

— J'ai trouvé une cabane dans laquelle il reste de la nourriture en conserve, des draps et quelques autres objets. Il y a aussi un lit, alors nous allons pouvoir nous reposer ici.

Il jeta un coup d'œil aux alentours, les narines écartées, et continua :

— Il n'y a aucun signe de la présence d'Infectés dans le coin. Ni d'aucun humain, d'ailleurs, ajouta-t-il en fronçant les sourcils. Mais il y a quelque chose... Qu'est-ce que... ça sent ?

Ma louve se mit à remuer la queue.

Sa *putain* de queue.

Il n'est pas en train d'annoncer une bonne nouvelle, lui dis-je. *C'est une mauvaise nouvelle.*

Cela se confirma lorsque son regard glacial se planta immédiatement dans le mien, ses narines à nouveau écartées.

— *Une odeur sucrée.*

Il me fallut un moment pour comprendre ce qu'il voulait dire.

Je compris enfin qu'il répondait à sa propre question. *Il sent une odeur sucrée.*

Ouais, parce que je suis en train d'entrer en chaleur.

— Riley, dit-il en s'approchant de moi, la robe rose toujours à la main. Pourquoi est-ce que tu dégages une odeur d'Oméga ?

Merde.

Je me redressai, libérée par ma louve qui me laissa enfin reprendre le contrôle.

Peut-être parce qu'elle pouvait sentir l'agressivité émanant de lui, cette colère d'Alpha que je savais qu'il ressentirait en comprenant *pourquoi* mon odeur se mettait à changer.

En réalité, j'étais étonnée qu'il ne s'en soit pas rendu compte pendant que nous courions.

Cela dit, les crampes n'avaient commencé que récemment. Ce qui signifiait que les derniers vestiges de mes inhibiteurs avaient probablement commencé à se métaboliser. Ce n'était que dans les dernières minutes que mon odeur avait commencé à changer.

D'ailleurs, je pouvais encore sentir certaines des notes acidulées de mon parfum artificiel de Bêta.

Cependant, Jonas avait raison, mon doux parfum d'Oméga était clairement en train de prendre le dessus.

Il s'avança encore et je reculai instinctivement d'un pas.

— Tu n'as pas intérêt à t'enfuir, gronda-t-il. Tu vas te retransformer et m'expliquer tout ça immédiatement.

Ma louve gémit. Elle voulait lui obéir.

Cependant, elle m'avait rendu le contrôle qui m'était nécessaire pour décider à sa place.

Ce qui signifiait que je choisissais sans aucun doute possible la première option : *m'enfuir*.

Et Jonas le savait, lui aussi. Il amplifia son grognement d'Alpha, un son qui allait me forcer à me transformer si je ne réagissais pas très vite.

Alors, je partis en trombe dans la forêt, non pas vers l'endroit d'où nous étions venus, mais sur le côté en direction de… Je n'en avais pas la moindre idée.

Peu importait.

Je savais seulement qu'il fallait que je coure.

Que je m'échappe.

Que je réussisse à me cacher.

Parce que je refusais d'être revendiquée. Je voulais vivre mes rêves, ma vie, mes *choix*.

Jonas ne me donnerait jamais cette possibilité.

Il me prendrait, me monterait, me nouerait. Il me féconderait et ferait de moi *sa chose*.

Hors de question.

Ma louve semblait être complètement d'accord avec moi maintenant, m'autorisant à repousser mes limites tandis que nous courions à toute allure dans les fourrés.

Si ce n'est qu'une note d'excitation tournoyait dans son esprit, me poussant à réfléchir.

Est-ce que ça te plaît tout ça ? pensai-je. *Nous sommes littéralement sur le point de faire face à la plus grande bataille de notre vie. Et toi tu* halètes ?

Putain de merde, ma louve était en train de *sourire*.

Ce n'était pas un halètement de fatigue, mais de joie.

Car elle pouvait sentir Jonas qui nous poursuivait.

L'Alpha qu'elle avait choisi était en chasse.

Et mon stupide animal *voulait* être rattrapé.

Il s'agissait pour elle d'un petit jeu d'accouplement.

Bordel, pensai-je. *Tout ça ne va pas bien se terminer.*

CHAPITRE 5
JONAS

QUELQUE PART EN CAROLINE DU NORD

RILEY EST UNE OMÉGA.

Et ce n'était pas tout. C'était une Oméga qui s'apprêtait à être en chaleur.

Son doux parfum attirait mon loup et me forçait à la poursuivre sur le sol forestier. Je lui avais malgré moi laissé un peu d'avance, essentiellement parce que j'avais été trop absorbé par la vision de sa silhouette fuyante pour réagir immédiatement.

Puis j'avais abandonné mes bottes et arraché le pantalon que j'avais emprunté, pour me transformer et me mettre à courir à quatre pattes dans les bois.

C'est quoi ce bordel ?

Comment avais-je pu passer à côté de ce détail crucial ? Mon loup désirait cette femelle depuis des mois. Je pensais que c'était le côté « défi » de la chose qui l'avait autant intrigué.

Pas du tout.

Il avait des soupçons sur sa réelle identité depuis le début.

Je comprenais mieux maintenant pourquoi elle refusait de courir avec moi

Sa petite louve fragile était Oméga des pieds à la tête. Cela expliquait à la fois sa taille et son instinct d'obéissance.

Son animal était intrinsèquement porté à la soumission.

Alors que la femme qui se cachait sous la fourrure était pleine de fougue.

Une femme fougueuse qui avait clairement dû prendre des inhibiteurs.

Pourquoi avoir fait ça ? Pourquoi dissimuler sa forme naturelle ? Pour éviter ses chaleurs ? Il y avait d'autres moyens de trouver du réconfort durant l'œstrus, des moyens qui n'exigeaient pas qu'elle assomme sa louve de médicaments.

Elle aurait dû savoir ce genre de choses. Elle était docteure, nom d'un chien !.

Je suppose que cela signifiait qu'elle avait dû se montrer prudente.

Bien sûr, si une simple transformation la replongeait immédiatement en mode Oméga, tout ça pouvait-il vraiment être prudent ?

Merde ! Était-ce la raison pour laquelle elle avait hésité à se transformer tout à l'heure ? Quand avait-elle été courir pour la dernière fois ?

Je comprenais mieux pourquoi sa transformation avait été aussi lente.

J'avais eu raison de m'inquiéter. Et dire que je l'avais fait courir pendant des heures.

Merde !

Si elle m'avait prévenu, je ne l'aurais pas poussée

autant. Cela expliquait aussi son état d'épuisement. Sans compter qu'elle n'avait probablement pas mangé aujourd'hui.

Cette femelle doit d'avoir un côté suicidaire. Elle allait finir par se blesser sérieusement, ou pire, au rythme où elle allait.

Le mieux maintenant serait de retourner au petit village de cabanes pour lui créer une tanière protectrice dans laquelle elle pourrait se reposer pendant son cycle.

Celui-ci serait-il perturbé par les inhibiteurs ? À quand remontait sa dernière fois phase d'œstrus ?

Les questions se bousculaient dans ma tête et il n'y avait qu'une seule louve qui pouvait y répondre. Une louve dont l'odeur venait tout juste de se réduire à un léger parfum.

Mon loup renifla, confus.

Il pencha ensuite la tête sur le côté, ses oreilles à l'affût de tous les sons familiers de la forêt.

Il finit par percevoir le doux murmure d'un ruisseau dans le lointain.

Pas bête cette femelle, me dis-je en accélérant de nouveau le pas. Elle avait dû pénétrer dans l'eau pour aider à éliminer son odeur.

Ce qu'elle ne savait pas, c'est que ce ne serait pas suffisant.

Je suivis le bruit de l'eau qui roulait sur les galets et finis par trouver une petite crique, non loin de l'endroit où j'avais perdu sa trace. Je me mis à fouiller la forêt sombre du regard. Le soleil était désormais bas dans le ciel, ce qui indiquait que la nuit était en train de tomber.

Cela signifiait que nous avions probablement couru pendant neuf ou dix heures aujourd'hui.

Riley devait être épuisée, surtout si elle était en chaleur.

Il fallait que je la retrouve avant qu'elle ne se blesse. Les Omégas n'étaient pas forcément fragiles, ils étaient simplement petits. Cependant, Riley n'avait pas bien pris soin de sa louve. C'était évident rien qu'à voir sa transformation. Seulement je n'avais pas réalisé l'étendue des dégâts jusqu'à ce que son parfum change.

Putain d'inhibiteurs !

Au moins, cela répondait à pas mal de questions.

Cela dit, ça en suscitait de nombreuses autres.

Sors de ta cachette, où que tu sois, pensai-je en examinant la zone en bordure de la rivière.

Mon loup pouvait sentir sa présence. Elle n'était pas loin. Elle avait cessé de se déplacer. Elle s'était arrêtée quelque part au bord de l'eau, ou même peut-être dedans, pour masquer son odeur.

Ce qui voulait dire qu'elle était cachée quelque part.

Quelle petite louve maligne, songeai-je. Ma bête semblait également satisfaite, ses instincts réveillés par la chasse.

Il prenait cela comme un test. Une manière de prouver sa valeur en tant que compagnon potentiel.

Nos animaux ne permettaient jamais aux émotions ou à des facteurs externes de rentrer en compte dans une décision. Lorsque mon loup voulait quelque chose, il le prenait.

Et à cet instant, il voulait Riley.

Je ne le laisserai pas la revendiquer directement, mais je comptais lui laisser la liberté de séduire sa louve.

Ensuite, je ronronnerai pour elle lorsqu'elle aurait accepté ma bête.

Bien sûr, il faudrait pour cela que les tendances à la désobéissance de Riley ne viennent pas interférer avec le rituel de séduction.

On parle de Riley. Bien sûr qu'elle va se rebeller.

Je faillis souffler.

Ce fut alors qu'une autre idée me vint.

Une idée qui me tordit l'estomac.

Est-ce la raison pour laquelle elle s'est toujours montrée insupportable avec moi ? Parce que je suis un Alpha du X-Clan ? Était-ce sa manière de me dire qu'elle ne me considère pas digne d'elle ?

Mon loup renâcla pour manifester sa désapprobation, clairement conscient des doutes qui habitaient mon esprit. Lui ne doutait jamais de rien. Il pouvait sentir l'intérêt qui émanait de l'animal de Riley.

Elle nous désire, disait-il. *Allons donc la retrouver et la nouer.*

Je lui transmis les rênes et le laissai conduire la chasse.

Si Riley ne me trouvait pas digne d'elle, c'était parce qu'elle ne m'avait pas donné l'occasion de prouver ma valeur. J'allais donc laisser mon loup en faire la démonstration à travers des actes plutôt que des mots.

Je n'avais jamais activement cherché à séduire une compagne auparavant. J'étais trop occupé par mon travail de mercenaire. C'est ce qui m'avait d'ailleurs amené à devenir le garde du corps de Riley.

Était-ce conduit par le destin ? Peut-être.

Ou peut-être était-ce complètement dû au hasard.

Quoi qu'il en soit, nous allions maintenant devoir parler de l'avenir. Même si cet avenir voulait simplement dire l'aider à traverser cet œstrus. Elle aurait bientôt besoin d'un nœud et le mien était le seul qui soit à sa disposition.

Tu n'as plus de Kieran avec qui jouer, ma petite, pensai-je avec satisfaction, parce que j'avais bien vu leurs petits sourires séducteurs et la manière dont il la faisait rire.

Putain de Prince Alpha.

Ce titre n'avait rien de royal. C'était juste une appellation formelle que les loups du V-Clan utilisaient pour désigner leurs Alphas de secteur.

J'aurais pu être un Alpha de secteur pour une meute du X-clan. J'étais suffisamment vieux. Suffisamment fort. Suffisamment rapide. Suffisamment *intelligent*.

Cependant, je n'avais jamais essayé de me joindre à un secteur ou à un clan parce que je préférais la liberté que me donnait mon rôle d'homme de main.

Si Riley voulait un *prince*, alors peut-être que Kieran serait un meilleur choix. Il avait clairement l'arrogance qui allait de pair avec la royauté.

Le fait de penser à Kieran et à la manière dont Riley préférerait peut-être son nœud au mien fit grogner mon loup. Son irritation montait, aussi bien à mon encontre qu'à celui de l'Oméga qui se cachait pour lui échapper.

Le doute était une émotion que ma bête refusait de laisser entrer. Il était sûr d'obtenir ce qu'il voulait.

C'était l'homme en moi qui remettait tout en question à cause de l'étrange attitude de Riley.

Tout ça était particulièrement agaçant, puisque je n'étais pas du genre à me remettre en question. Jamais. Cependant, cette femme et son comportement mutin me poussaient à questionner la moindre de mes putain de décisions en sa présence.

Tout ça parce qu'elle m'avait caché son identité d'Oméga.

C'était au cœur de tout. Elle ne voulait tout simplement pas que je sache.

Eh bien maintenant, je sais, et je vais te retrouver.

Elle n'était pas loin. Je pouvais sentir sa présence. Sa chaleur. Son *besoin*. L'odeur de celui-ci m'enveloppait comme un manteau enivrant qui me poussait à continuer de longer la rivière.

Mon loup ralentit, et son regard s'arrêta sur un ensemble de grosses pierres au bord de l'eau. Le genre de formation rocheuse dans laquelle une petite louve pourrait bien se cacher.

Il se glissa sur le dessus du tas de roche et s'allongea.

Puis, il grogna.

Un léger gémissement s'échappa de sous les rochers. *Riley*.

Un nouveau grondement sortit de ma poitrine, ce qui la poussa à émerger doucement de sa cachette pour se glisser dans l'eau.

Son regard croisa le mien.

Je sus au moment où son corps se redressa qu'elle était sur le point de se remettre à courir, et mon loup réagit avant qu'elle puisse faire un pas de plus.

Il *bondit*.

Roula.

Grogna.

Et il finit par immobiliser notre Oméga sur le rivage.

Elle frémit sous notre poids, et un nouveau gémissement quitta son museau.

Tu es à nous maintenant, ma petite, pensai-je en la regardant tandis que mon loup se remettait à grogner pour l'avertir. *Transforme-toi, ou je t'y obligerai.*

Elle exposait sa gorge et son abdomen touchait le mien.

Elle entama sa transformation pour redevenir humaine.

Je me tenais en équilibre au-dessus d'elle, les pattes plantées de chaque côté de sa tête pour éviter de la blesser ou de l'étouffer sous mon poids. Les pierres sous ses épaules étaient probablement pointues et inconfortables. J'aurais préféré la plaquer sur de l'herbe, mais la rivière m'avait aidé à la coincer.

Une fois que sa lente transformation fut terminée, je l'imitai en laissant mon humain prendre le dessus en seulement quelques secondes. *Parce que moi je ne m'amuse pas à étouffer mes instincts avec des inhibiteurs,* marmonnai-je dans ma barbe.

Son regard bleu et lumineux se posa sur le mien et j'y discernai la petite flamme qui l'habitait habituellement.

C'est parti !

— Lâche-moi, exigea-t-elle immédiatement.

Ce qui n'empêcha pas ses cuisses de s'écarter pour m'installer entre elles. Parce que clairement, son corps me désirait. Cela était rendu évident par les sécrétions qui recouvraient déjà mon entrejambe et qui ne devaient rien à l'eau peu profonde qui coulait en dessous d'elle.

J'ignorai sa demande et ordonnai à mon tour :

— Parle. Maintenant !

Ça n'aurait pas dû être trop difficile à faire pour elle puisqu'elle avait toujours eu l'habitude de dire tout haut ce qu'elle pensait.

Pourtant, cette fois-ci, elle choisit de garder le silence.

Elle me fixa de son grand regard plein de défi.

Tout en se cambrant pour presser son corps contre mon sexe dans une évidente invitation à la pénétrer.

C'était une invitation que je serais content d'accepter *après* qu'elle m'aurait expliqué la situation.

— Riley, grognai-je afin de lui faire comprendre que je n'étais pas d'humeur à ce qu'elle me résiste.

Pas avec son corps doux et humide juste en dessous du mien.

— Je suis sur le point de te nouer, *Oméga*. Explique-moi donc comment c'est possible ?

Je savais déjà que les inhibiteurs étaient à l'origine du *comment*.

Ce que je voulais vraiment savoir, c'était le *pourquoi*.

Elle déglutit et une partie de la flamme dans son regard sembla s'éteindre.

Je plissai les yeux.

— Réponds-moi. Explique-moi pourquoi tu as pris des inhibiteurs.

Peut-être que le fait de l'informer de ce que j'avais déjà compris allait l'aider à s'ouvrir.

—Je… je voulais avoir une vie…

Les quelques mots qu'elle murmura n'étaient pas du tout ceux que j'attendais. Je ne l'avais jamais entendu parler sur ce ton auparavant. Cela lui donnait un air encore plus *Oméga*.

Je ne savais pas si ça me plaisait.

Riley avait un tempérament de feu et une répartie que j'admirais.

Je ne voulais pas d'une Riley toute douce et soumise. C'est elle que je voulais, tout simplement.

— Je voulais *vivre*, répéta-t-elle avec un peu plus de conviction.

Une part d'elle sembla soudain reprendre sa place. Elle ajouta :

—Je voulais être autre chose qu'une machine à bébés.

Je haussai les sourcils, surpris.

— Autre chose que *quoi* ?

— Tu m'as très bien entendu, rétorqua-t-elle.

Le feu s'était rallumé en elle.

Voilà, elle est de retour, me dis-je. *Continue à parler.*

—Je suis plus que la fonction qu'on m'a assignée. Mais vous, les Alphas, vous ne voyez en nous qu'une Oméga à nouer. Je voulais plus que ça.

Voilà qui me fit grogner.

— Je vois bien plus qu'une Oméga à nouer, l'informai-je.

— Ah ouais ?

Elle se colla à nouveau contre moi, son sexe humide venant recouvrir le mien de son excitation brûlante.

— Tu n'étais pas sur le point de me nouer il y a quelques secondes seulement, *Alpha* ?

— Tu es sur le point d'avoir tes chaleurs, dis-je sans pouvoir dissimuler le tremblement dans ma voix. Alors évidemment que je vais te nouer.

— Sans le moindre égard pour mes propres désirs ?

— Es-tu en train de te refuser à moi ? répondis-je en la prenant à son propre piège.

Je me penchai légèrement sur le côté pour permettre à mon nœud de venir se frotter contre son petit clitoris aux abois.

— Tu veux vraiment traverser tes chaleurs toute seule ?

— Pourquoi penses-tu que je me suis enfuie ? dit-elle en se reculant.

— Parce que ta louve voulait tester mon loup, dis-je en bougeant de nouveau contre elle, me délectant de la manière dont ses tétons se durcissaient sous ma poitrine.

— Maintenant, elle sait sans conteste que je suis un compagnon acceptable. C'est pour cette raison que tu halètes comme ça sous mon corps, Riley. Tu veux que je te noue.

Elle me répondit par un grognement.

— Je suis en chaleur après avoir passé plus de dix années sans relation sexuelle. Je voudrais de n'importe quel nœud à l'heure qu'il est.

Je plissai le regard.

— N'importe quel nœud ?

— C'est ce que je viens de dire, Alpha. Je suis une Oméga. N'importe quel nœud fera l'affaire. Alors, ouais, je réagis au tien.

Je me redressai sur mes genoux, toujours entre ses cuisses écartées. J'étais déconcerté par sa remarque cruelle.

Cela faisait des mois que je désirais cette femelle.

Pourtant elle venait de me jeter à la figure que je *pourrais bien faire l'affaire, puisqu'elle n'avait rien d'autre sous la main.*

Après tout ce que j'avais fait pour elle. Je l'avais protégée. J'avais mis ma vie au service de la sienne. Je l'avais placée en premier depuis le début de notre fuite.

Et elle me remercie en insinuant qu'elle ne réagit à mon nœud que parce qu'elle est en chaleur et que je suis le seul présent ?

Va te faire voir.

J'avais réussi le défi lancé par sa louve. J'avais prouvé mes compétences et ma valeur depuis des mois.

Si elle ne me trouvait pas digne d'être autre chose pour elle qu'un vulgaire nœud, il était hors de question que je lui donne satisfaction.

— Comme tu veux, dis-je en me relevant brusquement.

Elle ne put évidemment pas s'empêcher de suivre du regard mon sexe turgescent.

Elle pouvait toujours attendre que je la noue maintenant. Pas après m'avoir ainsi insulté.

N'importe quel nœud.

— Je vais te préparer un endroit sûr dans une des cabanes pour tes chaleurs. Ou alors tu peux choisir de rester là et de te débrouiller par toi-même.

Je n'allais pas l'attacher à un lit et la forcer à prendre mon nœud.

Je n'étais pas ce genre d'Alpha.

Certains n'auraient pas demandé la permission pour la prendre et auraient exigé qu'elle les supplie. Mais je voulais que ma femelle soit accueillante et disposée, pas qu'elle m'accepte par défaut.

Peut-être était-ce parce que j'avais grandi dans le V-Clan. Je savais très bien que mon père n'avait pas agi ainsi avec ma mère. Lui et trois autres Alphas l'avaient prise pendant ses chaleurs. Ils s'étaient ensuite battus pour savoir lequel d'entre eux deviendrait son compagnon.

Ce qui avait conduit à sa mort.

Ma mère avait ensuite été sauvée par son compagnon actuel.

Alors le fait de prendre une Oméga contre son gré était

plutôt un sujet sensible pour moi, sachant que c'était l'histoire même de ma naissance.

Riley serait au courant de tout cela si elle avait cherché à me parler.

Mais non. Elle m'avait immédiatement repoussé pour des raisons que je ne comprenais pas.

Maintenant, je n'étais même plus certain de vouloir savoir.

N'importe quel nœud.

Ouais.

Bonne chance pour la suite, docteure.

— Amuse-toi bien dans cette forêt, dis-je en me mettant en marche vers les cabanes.

Il n'y avait pas de menace particulière ici pour le moment. Riley s'en sortirait. Si elle choisissait de s'enfoncer encore plus dans les bois, je la suivrais à distance pour continuer à la protéger.

Parce que c'était mon boulot.

Mais dès que nous aurions atteint la base, je demanderais mon transfert.

Parce que j'en avais ma claque de cette situation.

Et d'elle par la même occasion.

CHAPITRE 6
RILEY

QUOI, c'est tout ?

Je fronçai les sourcils.

Je penchai ensuite la tête en arrière pour m'apercevoir que Jonas était parti sans un bruit.

C'est quoi ce bordel ?

Je me redressai, toute mouillée à cause de la rivière, mais pas seulement.

Putain, il est parti !

Ma louve gronda en moi, furieuse.

Mais elle n'était pas en colère contre lui. C'était à moi qu'elle en voulait.

Elle n'avait peut-être pas compris les mots prononcés, mais elle avait parfaitement compris que je venais d'insulter l'Alpha qu'elle avait choisi.

Je voudrais de n'importe quel nœud à l'heure qu'il est.

D'accord. Je savais que je m'étais montrée injuste. Ce que j'avais dit n'était même pas vrai. Il arriverait un moment au cours de mon œstrus où ça serait le cas, c'était

69

la raison même pour laquelle je détestais avoir mes chaleurs, mais j'étais encore loin d'un tel état. Je pouvais tout à fait choisir librement pour le moment.

Et à bien y penser, je le choisirais lui plutôt que n'importe quel autre Alpha que je connaissais.

C'était juste cette situation qui m'énervait terriblement. J'étais énervée qu'il m'ait rattrapée. Énervée d'avoir été *excitée* par la manière dont il m'avait trouvée. Énervée de la facilité avec laquelle je semblais lui céder. Énervée que nous soyons perdus au milieu des bois, loin de mon labo et de mes inhibiteurs.

Énervée qu'une part de moi soit reconnaissante pour tout ce que je viens de citer.

Reconnaissante que Jonas soit celui qui ait été avec moi et pas un autre.

Reconnaissante que nous soyons *seuls*.

Je suis complètement tarée, me dis-je en me roulant en boule sur le côté tandis qu'une crampe me tordait le bas-ventre. *Qu'est-ce que je fous ?*

Et lui, qu'est-ce qu'il fait ?

Il m'avait simplement laissée là.

Quel genre d'Alpha laissait une Oméga seule quand elle était sur le point d'avoir ses chaleurs ? Il devrait déjà être en train de me sauter. Et cela ne ferait que me rapprocher encore un peu plus de la folie qui me guettait.

Il ne devrait pas être parti comme ça.

Les Alphas ne laissaient pas le choix aux Omégas. Ils prenaient ce qu'ils voulaient.

Ne veut-il pas de moi ?

Mon visage se referma encore un peu plus. *Non, je suis certaine qu'il me veut.* J'ai bien vu la preuve de son désir qui pendait entre ses cuisses musclées.

Il était parti par orgueil, parce que j'avais insulté son nœud. Je l'avais insulté *lui*.

La plupart des Alphas m'auraient tout simplement baisée en réponse, ils m'auraient ordonné de me tenir à carreau, de prendre sur moi et de *profiter du moment*. Ils auraient cherché à prouver leur courage et la taille de leur nœud seulement à travers leurs actes.

Pourtant, le fait que Jonas m'ait laissée là me prouvait autre chose.

Je l'avais rejeté et il l'avait plus ou moins accepté.

Cela faisait clairement de lui un Alpha très différent de ses pairs.

Je vais te préparer un endroit sûr dans une cabane pour tes chaleurs. Ou alors tu peux choisir de rester là et de te débrouiller par toi-même.

Il n'avait pas dit qu'il *nous* ferait un endroit sûr, seulement à moi. Était-ce parce qu'il respectait mon choix ? Ou était-ce parce qu'il était trop en colère contre moi pour me baiser désormais ?

Un Alpha en colère est généralement plus terrifiant que raisonnable

Pourtant, il était parti rempli d'une colère sourde et m'avait laissée sans le moindre grognement.

Je me redressai en me tenant l'estomac tant mes entrailles se déchiraient de nouveau. Cette sensation ne m'avait pas manqué.

Je pris une grande respiration avant d'essayer de me mettre debout. Je vacillai légèrement. *Ça va. Je peux y arriver.* Je fis un premier pas et mon orteil se cogna contre une pierre.

Je poussai un petit cri en retombant dans la rivière. J'eus heureusement le réflexe de lancer mes mains en avant avant que ma tête ne s'écrase contre un rocher.

— *Putain*, ça fait mal !

Mon genou s'était mis à saigner et la douleur du choc vibrait encore dans mon orteil. J'avais eu bien plus d'élégance sur mes quatre pattes. Quoi qu'il en soit, je ne pouvais pas me transformer à nouveau maintenant. J'étais trop épuisée. Trop affamée. Trop *faible*.

Tout ça ne faisait que m'énerver encore plus.

Je détestais me sentir faible. C'était une des raisons pour lesquelles je méprisais mon statut d'Oméga. Une des raisons pour lesquelles je ne supportais pas la période des chaleurs. C'était un temps où je devenais faible et vulnérable, deux caractéristiques qui m'avaient été imposées de naissance.

Je m'étais ardemment battue pour échapper à cette réalité.

Pourtant, j'étais de nouveau dans cette situation, en train de me traîner péniblement jusqu'au bord de l'eau parce que j'avais du mal à simplement me tenir debout.

Mon menton se mit à trembler tant j'avais envie de pleurer, ce qui me rendait encore plus furieuse. Les larmes brouillèrent ma vision.

Je déteste le monde entier.

Cette petite crise d'auto-apitoiement ne me ressemblait pas. Rien dans cette situation ne me ressemblait.

Ou peut-être que si.

Peut-être étais-je là en présence de la véritable *moi* que j'avais fuie depuis des années.

J'atteignis enfin le bord et me hissai sur la rive tapissée d'herbe. *Reprends-toi, Riley. Tu es plus forte que ça. Tu vaux mieux que ça.*

Mais c'était difficile de ressentir ma *force* et ma *valeur* alors même que mes entrailles palpitaient sous l'effet du *besoin*.

J'aurais dû laisser Jonas me baiser, plutôt que de l'insulter et de le faire partir. Cela dit, si je me montrais honnête, mon intention n'avait pas été de le faire partir. Je cherchais plutôt à le rendre furieux pour qu'il me prenne avec colère. Ce qui m'aurait permis de continuer à le détester a posteriori.

Cependant, il avait réagi complètement autrement.

Il avait choisi de me laisser seule, ce qu'aucun Alpha n'aurait jamais fait dans mon ancienne meute.

Jonas n'est pas comme eux, me rappelai-je.

C'était quelque chose que je suspectais à son sujet, puisqu'il s'était toujours montré calme et observateur plutôt que dominant et autoritaire. Il lui arrivait de faire preuve de ces deux derniers traits, mais seulement quand il passait en mode protecteur.

Il ne s'était jamais réellement montré *possessif* ou cruel. Juste un garde du corps attentif.

Et moi, je venais de l'insulter d'une manière telle que je n'aurais jamais insulté un autre Alpha.

Bordel, mais qu'est-ce qui ne va pas chez moi ?

Je connaissais la réponse à cette question. C'était plus une question rhétorique qu'autre chose. J'appuyai mon front contre le sol en soupirant.

Lève-toi, Riley.

Lève-toi.

Tu vas retourner jusqu'à la cabane.

Tu vas t'excuser.

Et tu vas accepter son offre de te protéger.

Mes bras tremblèrent lorsque je m'efforçai de me redresser. Un petit grognement m'échappa lorsque je parvins enfin à me remettre sur pied. Mes genoux et mes tibias me hurlaient dessus de les avoir autant amochés.

Mon grognement se transforma en un cri de surprise aigu lorsque je découvris Jonas, appuyé contre un arbre, en train de me regarder.

Nu.

Bien sûr qu'il était nu. Il était déjà nu lorsqu'il était plaqué sur moi seulement cinq minutes auparavant. J'étais moi-même encore nue. Mais il ne semblait pas intéressé par ma nudité. Son regard était fixé sur mes jambes, comme s'il examinait les blessures causées par ma chute dans la rivière.

Il était encore visiblement excité, tout comme moi, mais il ne fit aucune tentative pour s'approcher de moi.

— As-tu choisi de rester ici ou de retourner à la cabane ? demanda-t-il d'un ton complètement neutre.

— Ca… cabane, bégayai-je.

Il hocha la tête.

— Excellent choix.

Il s'écarta de l'arbre, mais au lieu de venir vers moi, il partit en direction de la cabane.

Je regardai son dos en fronçant les sourcils. J'étais certaine qu'il était parti lorsque j'avais regardé la dernière fois. Était-il revenu lorsqu'il m'avait entendu tomber ? Pourquoi ne m'avait-il pas aidée à sortir de l'eau ?

Probablement parce qu'il pensait que je méritais cette chute.

Après la manière dont je lui avais parlé, il n'avait probablement pas tort.

En fait, je méritais probablement nettement pire que la manière dont il m'avait traitée jusqu'à maintenant. Je ne m'étais jamais montrée particulièrement gentille envers lui, mais ce n'était pas parce que je ne l'aimais pas. C'était juste que… je ne voulais pas qu'il découvre mon identité d'Oméga car je savais que dès lors, il me retirerait tout choix et me revendiquerait.

Cela dit, il avait complètement sapé ma théorie en me laissant seule, jambes écartées, sans un regard en arrière.

Sauf qu'il était revenu… pour repartir.

Cette fois-ci, je me mis à le suivre, son nom sur le bout de ma langue.

Évidemment, il ne fallut pas plus de quelques secondes

pour que mon stupide orteil se cogne à nouveau contre une racine d'arbre.

Mes bras se levèrent immédiatement pour protéger le haut de mon corps, mais je n'atteins pas le sol. J'atterris contre la hanche de Jonas qui me rattrapa.

Mon visage se retrouva tout à côté de son entrejambe.

Je bondis en arrière, mais cela ne me servit qu'à heurter de nouveau la même racine.

Jonas m'agrippa par la taille et m'attira contre lui, haussant brusquement les sourcils.

— Tu as oublié comment te déplacer sur deux pieds, docteure ?

Un peu essoufflée, je répondis :

— Apparemment.

— Hmmmm, souffla-t-il. Alors, tu devrais peut-être te transformer.

— Je ne peux pas, marmonnai-je. Ça utiliserait le peu d'énergie qu'il me reste et ça précipiterait le début de mes chaleurs.

Il me fixa de haut pendant un long moment.

— Est-ce que tu as besoin que je te porte ?

Si je me fiais à son ton, c'était la dernière chose qu'il avait envie de faire.

Ce qui, évidemment, me donnait envie d'accepter juste pour l'énerver.

Cependant, je repoussai cet instinct et secouai la tête.

— Je peux marcher. Il faut juste qu'on avance lentement.

Il m'observa une dernière fois puis relâcha son étreinte autour de ma taille.

Je faillis trébucher une troisième fois – à moins que ça soit *la quatrième ?* – mais cette fois-ci, je réussis à me stabiliser.

Jonas se tourna vers moi en soulevant un sourcil inquisiteur.

— Je suis épuisée, d'accord ? admis-je. Et clairement, ma coordination n'est pas parfaite.

— J'ai proposé de te porter.

— Ton ton suggérait clairement à quel point tu n'avais pas envie de le faire, répliquai-je. Alors, c'est bon, je vais marcher !

— Pourquoi dois-tu toujours te montrer si difficile ? demanda-t-il. J'essaye de t'aider, Dre Campbell.

Je grimaçai à l'utilisation de ce titre formel.

Dre Campbell.

Pas Riley.

— *Putain !* Depuis le début je ne fais qu'essayer de t'aider, enchaîna-t-il. Pourtant, tu t'opposes systématiquement à moi. Pourquoi ? C'est parce que tu ne voulais pas d'un garde ? Où est-ce que tu me détestes personnellement ? Une chose est sûre, je ne te vois pas agir comme ça avec le *Prince Kieran*.

Mes yeux s'écarquillèrent légèrement en percevant l'agressivité qui transparaissait lorsqu'il prononça le nom de Kieran.

D'ailleurs, tout ce petit discours était surprenant de sa part.

C'était le deuxième qu'il prononçait aujourd'hui.

Qui aurait cru que le sexy Alpha qui me servait de garde du corps pouvait aussi parler ?

Il continuait à me fixer, d'un regard de plus en plus noir, tout en attendant ma réponse.

Comme je ne répondais rien, il secoua la tête et se remit en route.

— J'ai dit non parce que mon premier instinct était de dire oui, dis-je soudainement. J'essayais de ne pas me montrer « difficile ».

J'avais pris une voix grave en prononçant ce dernier mot, pour imiter celle de Jonas.

Il s'immobilisa.

— Ce que tu dis n'a aucun sens.

— Je voulais accepter parce que je savais que tu n'avais pas envie de le faire, ce qui était particulièrement mesquin. Alors j'ai dit non pour être gentille.

Il se retourna pour me faire face. Ses longs cheveux blonds tombaient en vagues désordonnées autour de son beau visage.

— Pourquoi tu ne me dis pas tout simplement ce que tu veux sans considérer ça comme une occasion d'être gentille ou mesquine ? suggéra-t-il.

Je tordis légèrement les lèvres sur le côté, incapable de répondre à ça. Nous n'avions jamais eu ce genre de communication. J'avais juste envie... j'avais envie qu'il s'en aille. Il constituait une complication que je n'avais pas envie de gérer, surtout pas en même temps que tout le reste.

Cela dit, c'était un peu injuste envers lui, ce que je savais pertinemment. Cependant, je doutais qu'il puisse un jour réellement comprendre pourquoi la situation m'avait d'emblée rendue méfiante.

J'étais une Oméga.

Il était un Alpha.

Dans son esprit, j'étais une parfaite louve pour porter ses petits, ou ceux d'un autre Alpha. Rien de plus. Rien de moins.

Il ne pouvait pas comprendre mon désir d'être quoi que ce soit d'autre. Aucun d'entre eux ne le pouvait.

Jonas poussa un soupir en levant les mains.

— Pourquoi ne peux-tu pas me respecter comme les autres ? demanda-t-il. Pourquoi tu ne m'aimes pas ?

Je fronçai les sourcils, surprise par cette affirmation.

— Ce n'est pas que je ne t'aime pas… commençai-je.

— On ne peut certainement pas dire que tu m'aimes bien, rétorqua-t-il. Alors quel est ton problème ? Que faut-il que je fasse pour qu'on arrive à s'entendre ?

—Je...

Je ne savais pas trop comment répondre à ça.

Tout ce que ma louve désirait, c'était qu'il la monte. À cet instant, il respirait la domination, ce qui devait probablement toujours être le cas, mais il y avait quelque chose d'encore plus intense qui ressortait de sa posture et de son ton.

— Tu es sur le point de commencer tes chaleurs au milieu d'une putain de forêt pendant l'apocalypse, dit-il, tandis qu'un subtil grognement soulignait certaines de ses paroles. Ça ne va pas être une mince affaire de te protéger pendant cette période.

Je sentis ma gorge se nouer et j'eus du mal à avaler.

— Ça dépend de ce que tu appelles me protéger.

Il me lança un regard qui signifiait clairement que ce n'était pas la réponse qu'il attendait.

— Te protéger signifie barricader ta maudite tanière, t'écouter supplier qu'on te noue, et éloigner par la force tous ceux qui chercheraient à répondre à ce cri, précisa-t-il. Tout en luttant contre mon propre désir de répondre à ton besoin d'accepter « n'importe quel nœud ».

Je grimaçai. Ouais, je méritais bien cette pique.

— Ensuite, il faudra encore que je t'escorte jusqu'à la base.

— Quelle base ? demandai-je.

— Fort Bragg, répondit-il. Nous n'avons pas avancé à plus de huit kilomètres-heure aujourd'hui, alors il doit nous rester au moins trois cent vingt kilomètres à parcourir pour y arriver, si ce n'est plus.

Je connaissais bien Fort Bragg.

Cependant, ce n'était pas une base du CDC.

Je faillis demander où nous allions nous rendre ensuite, mais Jonas n'avait pas fini de parler.

— Cela signifie que nous allons devoir passer au moins deux semaines ensemble, docteure. Personne ne va venir nous chercher. Il n'y a aucun autre Alpha pour te protéger à l'horizon. Alors, dis-moi ce que je dois faire pour que ça fonctionne, et je le ferai.

Il n'avait pas l'air réellement découragé, mais plutôt las. Et pas las dans le sens de « fatigué », mais simplement… lassé de moi. De mes caprices. De mon irrévérence.

Il avait toutes les raisons de se sentir ainsi.

Je ne lui avais renvoyé que de l'hostilité depuis le début.

— Je n'ai vraiment rien contre toi, dis-je.

Il grogna, mais ne répondit rien. Au lieu de ça, il croisa les bras sur sa poitrine ciselée et me fixa du regard. *Il attendait.*

— Je ne voulais pas que tu découvres ce que j'étais, admis-je enfin. Tu es un Alpha. Tu es de ceux qui prennent. Je ne veux pas qu'on me prenne.

Il poussa un nouveau grognement.

— Est-ce que c'est ce je suis en train de faire, docteure ? Suis-je en train de te *prendre* ?

— Eh bien, non. Pas encore. Mais…

— Tu ne sais absolument rien de moi, Dre Campbell. Tu n'as jamais essayé de me connaître.

Il laissa tomber ses bras le long de son corps en s'approchant de moi, avant de poursuivre :

— Si je voulais te sauter, tout ce que j'aurais à faire c'est de grogner. Tu te retrouverais à genoux devant moi en quelques secondes.

Je déglutis, sachant qu'une part de moi espérait qu'il illustre ces paroles en agissant de la sorte.

Cela rendrait les choses tellement plus simples.

Cependant, le regard glacial avec lequel il me fixait m'informa que c'était la dernière chose qu'il avait envie de faire.

— Je ne suis pas là pour *prendre*, ajouta-t-il, je suis là pour *donner*.

Il s'arrêta à seulement quelques pas de moi, les narines écartées.

Je n'étais pas certaine de savoir quoi lui répondre, parce qu'il avait raison. Un seul grognement et je le supplierais de me sauter.

— Je me suis toujours montré professionnel envers toi parce que je prends mon travail au sérieux, affirma-t-il après un silence inconfortable. Ça ne va pas changer maintenant. Dre Campbell, as-tu besoin que je te porte ?

— Arrête de m'appeler comme ça, s'il te plaît.

Je détestais la manière dont ce ton formel sonnait dans sa bouche. Ça devenait presque une insulte.

— Réponds à ma question, docteure.

Ce n'était pas mieux.

Cependant, quelque chose sur son visage me dit que ce n'était pas le moment de débattre.

Je poussai un long soupir et finis par décider qu'il méritait en effet une réponse honnête de ma part.

— Je n'ai rien mangé aujourd'hui, mon corps subit des… *des changements* et je suis épuisée. Alors même si je pourrais marcher, je risque de beaucoup te ralentir.

Je détestais admettre tout cela, mais c'était la vérité.

— Et…

Je marquai une pause pour me préparer mentalement à répondre à sa question.

— Et je ne pense pas que ce soit le moment de faire ma tête de mule. Donc, il se peut que je n'aie pas besoin d'être portée, mais j'aimerais l'être. S'il te plaît.

CHAPITRE 7
JONAS

Quelque part en Caroline du Nord

C'était probablement la réponse la plus civilisée que j'aie jamais reçue de la part de la Dre Riley Campbell.

— Bien, dis-je en me rapprochant d'elle. Je te prends dans les bras comme une fiancée ou tu montes sur mon dos ?

Elle renâcla.

— C'était une vraie question, docteure, dis-je en soulevant un sourcil.

Elle leva les yeux au ciel et secoua la tête.

— Dans les bras, Alpha. On peut toujours faire semblant, non ?

— Faire semblant que quoi ? demandai-je en la soulevant.

Il fallait que nous nous dépêchions pour que je puisse préparer sa tanière. Je préférais m'en occuper avant qu'il fasse nuit.

— Qu'on est deux amoureux ? suggéra-t-elle alors que j'avais commencé à avancer. Qu'on se courtise ? Qu'on est un couple ? Je ne sais pas, ce qu'on est censé faire avant que tu me noues pendant une semaine.

Je grognai.

— Je ne vais pas te nouer, Oméga.

Elle rigola.

— Mais bien sûr !

Je m'immobilisai et la regardai.

— Tu es au courant que les Alphas sont capables de contrôler leurs instincts de rut, n'est-ce pas ?

La surprise que je lisais dans son regard m'informa qu'elle n'en savait rien.

— Aucun Alpha n'a envie de contrôler son rut.

— Je n'ai pas dit qu'ils le voulaient, j'ai dit qu'ils le pouvaient.

Je me remis à marcher, reportant mon regard sur la forêt qui nous entourait.

— Je n'ai jamais vu un Alpha contrôler ses pulsions. C'est impossible !

— Tu es sur le point de me voir contrôler les miennes, répliquai-je d'un ton monocorde.

Les plus forts d'entre nous possédaient la capacité de maintenir le contrôle à tout instant, même lorsqu'ils étaient provoqués par une Oméga en chaleur.

Elle ne s'en était peut-être pas rendu compte, mais j'étais de ceux-là. J'étais *très* fort.

— J'ai presque envie de parier avec toi, lança-t-elle.

Cela prouvait son ignorance et constituait une nouvelle insulte envers moi.

Plutôt que de le lui faire remarquer, je marmonnai seulement :

— C'est un pari que tu vas perdre.

— Tu es bien sûr de toi !

Je ne répondis rien. Elle pouvait faire semblant de me connaître autant qu'elle voulait. J'allais lui prouver le contraire à travers mes actes, ce qui serait plus parlant que des mots.

— Ne viens-tu pas de dire que tu étais sur le point de me nouer au bord de la rivière ? dit-elle après plusieurs minutes de silence.

— Ne viens-tu pas de dire que tu ne voulais pas te montrer difficile ? répliquai-je. Pourtant, te voilà encore en train de me provoquer. Certains appelleraient ça un comportement difficile, docteure.

— Parce que tu es passé de l'intention de me nouer sur-le-champ à celle de ne pas me toucher du tout. Je ne fais que relever cette contradiction, *Alpha*.

Elle continuait à me balancer ce titre comme s'il s'agissait d'une insulte

J'étais né Alpha et c'était quelque chose que je vivais très bien. Ce n'est pas parce qu'elle voyait le fait d'être une Oméga comme une faiblesse ou quelque chose à dissimuler que je devais ressentir la même chose à propos de ma nature.

— Tu n'arrêtes pas de parler de contrôler tes instincts, continua-t-elle, mais tu étais effectivement prêt à me nouer au bord de cette rivière.

— Oui, quand je croyais que ta louve le voulait aussi, répondis-je en accélérant le pas.

J'avais surtout envie de mettre un terme à cette conversation, et le moyen le plus sûr d'y arriver était de la déposer dans sa cabane et de l'enfermer dans une putain de chambre.

— Et maintenant ? insista-t-elle, puisqu'elle ne savait clairement pas quand se taire. Tu ne veux plus me nouer ?

La pointe provocante qui transparaissait dans sa voix me fit serrer les mâchoires.

Considère-t-elle tout ça comme un jeu ?

— Qu'est-ce que tu cherches à démontrer exactement ? demandai-je, lassé par ses allusions permanentes.

Je n'aimais pas tellement discuter en temps normal, alors encore moins un jour comme celui-là.

— Que tu voulais me nouer et que tu continueras à vouloir me nouer, affirma-t-elle. C'est quelque chose que j'accepte parce que c'est le fonctionnement des loups. Si tu n'arrives pas à te contrôler, je le comprendrai.

Je grognai de nouveau.

— Je vais m'en sortir, merci.

Par contre, je savais bien que pour elle, ça allait être très dur. Elle allait souffrir et ce serait difficile pour moi de ne pas l'aider, mais il était hors de question que je fasse office de « n'importe quel nœud » pour elle.

— Je suis sérieuse, Jonas. Je n'ai pas besoin que tu me démontres ton sens du contrôle. C'est pas grave.

Je m'arrêtai de nouveau pour lui lancer un regard noir. Il fallait que je mette un terme à cette putain de conversation.

— Il ne s'agit pas de montrer ma capacité de contrôle, Oméga. Tu as été très claire sur le fait que tu ne voulais pas de moi. Et ça ne me dérange pas. J'accepte ton rejet. C'est pour cette raison que je ne te nouerai pas.

Elle pâlit d'un coup.

— Je ne t'ai pas rejeté.

Je secouai la tête et me remis en route. Jamais un trajet aussi court ne m'avait paru aussi long.

— Je ne t'ai pas rejeté, répéta-t-elle. J'ai juste dit que j'étais sur le point d'être en chaleur et que n'importe quel nœud me ferait réagir. C'est une simple réalité biologique.

— Oui, oui, acquiesçai-je. N'importe quel nœud.

Pas le mien en particulier. Même si sa louve avait lancé au mien un défi que j'avais remporté haut la main.

Cependant, ce n'était pas ainsi que semblait le voir la femelle.

Elle ne voulait pas de moi. Elle ne me connaissait même pas. Elle avait été très claire dès le début de notre relation de travail qu'elle ne voulait rien avoir à faire avec moi.

Je pensais la faire changer d'avis en la sautant, mais maintenant, il était hors de question que j'approche mon nœud d'elle.

Je refusai d'être pour elle *n'importe quel nœud.*

Mon égo avait peut-être joué un rôle dans ma décision, ou peut-être était-ce dû à la blessure de mon loup, mais quoi qu'il en soit, je n'allais pas changer d'avis.

Je n'entendis plus Riley dire quoi que ce soit pendant tellement longtemps que je me demandai si elle n'avait pas perdu connaissance. Il me suffit pourtant de baisser les yeux pour voir ses grands yeux bleus bien ouverts au milieu de son joli visage. Elle me fixait d'une manière dont elle ne m'avait jamais regardé auparavant. Comme si elle venait enfin de réaliser que j'étais un homme.

Je m'obligeai à regarder devant moi et à me concentrer de nouveau sur la forêt. Il fallait que je la ramène à la cabane.

Chaque seconde qui s'écoulait rendait son odeur plus délicieuse, sa nature d'Oméga appelant la bête en moi à sortir. Mon désir instinctif de la revendiquer était de plus en plus envahissant, surtout après le petit jeu qu'avait joué sa louve avec mon animal.

J'ai gagné, me répétai-je. *Elle m'appartient.*

Sauf que sa partie humaine ne voulait pas de nous.

Sa petite main vint soudain me caresser le menton, passant ses doigts le long de ma mâchoire parsemée d'une barbe naissante. Instinctivement, je reculai la tête et mon loup gronda en moi.

Elle grimaça et retira sa main.

— Désolée.

— Ne viens pas tester mon self-contrôle, dis-je entre mes dents. Tu n'aimeras pas le résultat, je t'assure.

Non pas parce que j'allais la nouer, mais parce que je finirais par la punir.

En l'enfermant dans une putain de pièce où elle souffrira toute seule.

Ce que je m'apprêtais à faire de toute façon, mais j'avais tout de même prévu de ronronner pour l'aider. Encore fallait-il que mon animal le permette.

— Je n'essaye pas de tester ton self-contrôle, répondit-elle sèchement. Je… Je voulais juste te toucher.

— Ce droit ne t'appartient pas, docteure.

Elle poussa un petit grognement de mécontentement qui fit dresser les oreilles de mon loup. Il aimait bien ce son.

— Je ne t'ai pas rejeté, *Alpha*, mais je veux bien admettre que je t'ai *insulté*.

Je ne pus que répondre par un grognement. Il était hors de question de reprendre cette conversation.

— Je ne voulais pas t'insulter, Jonas.

Encore une affirmation qui ne méritait même pas de réponse. Qu'elle l'ait voulu ou non, cela faisait des mois qu'elle m'insultait. *Jour après jour.*

Un an pour être précis.

Je l'avais toléré parce que je considérais cela comme un défi à relever, mais je comprenais maintenant que ce n'était pas ça. C'était une Oméga qui rejetait un Alpha.

Je refusai de devenir comme mon père biologique.

Je n'allais pas prendre une Oméga de force.

J'avais été élevé par un bon Alpha. C'était un loup du V-Clan qui avait un penchant pour la nuit et le goût du sang, mais c'était aussi un homme solide. Un Alpha *honorable.*

Il avait toujours protégé ma mère, et tous les deux vivaient encore à ce jour une vie tranquille dans le Secteur Sanglant.

Aussi tranquille que le permettaient les temps que nous traversions.

Mais c'est grâce à la sécurité qu'il nous avait apportée que j'avais pu explorer d'autres options. Vivre en dehors du nid. Autrement, je me serais senti obligé de rester à la maison pour protéger ma mère.

Aucun d'entre eux ne m'avait caché l'histoire de ma naissance ni celle des événements qui y avaient conduit.

Il avait revendiqué ma mère quand j'étais encore dans son ventre.

Ils ne savaient pas les conséquences que cela aurait sur moi, mais j'étais à cent pour cent un Alpha du X-Clan.

Quoi que, si on en croyait les théories de Riley, cela signifiait que j'étais incapable de me maîtriser. Alors peut-être qu'après tout, ce « pouvoir » m'avait été transmis par le compagnon de ma mère.

— Tu es réellement en colère, s'étonna Riley. Je ne pense pas t'avoir déjà vu en colère.

Je dus me retenir physiquement pour ne pas réagir à cette remarque idiote. Je n'arrivais même plus à savoir si elle faisait exprès de me provoquer ainsi ou si c'était juste sa nature. J'avais vraiment l'impression qu'elle faisait toujours tout en son pouvoir pour me taper sur les nerfs. Je ne voyais pas pourquoi ça changerait maintenant.

Elle retomba dans le silence et je profitai avec joie de ces quelques minutes de paix.

Jusqu'à ce que son corps sursaute contre le mien.

Je faillis la lâcher lorsqu'elle passa les bras autour de

ma taille, laissant échapper un gémissement de douleur qui n'avait rien de feint.

Elle ferma les yeux en essayant de se concentrer sur sa respiration.

Un soupir se coinça dans ma gorge, mon loup étant pleinement conscient de son état actuel. Elle n'était pas encore tout à fait en chaleur. À en croire son odeur, il lui restait environ douze heures avant d'être assaillie par un besoin irrépressible.

Cela dit, il n'y aurait rien de confortable à se diriger vers cet état.

Ensuite, ce serait une pure agonie pour elle de traverser ses chaleurs sans être nouée.

Je ne voulais pas réagir. Je voulais vraiment continuer mon chemin. Hélas, ma bête se mit à émettre malgré moi un ronronnement qui avait pour but d'apaiser la petite Oméga tremblante dans mes bras.

Elle ne se calma pas immédiatement, mais sa respiration se stabilisa rapidement.

Je me tenais parfaitement immobile, de peur qu'elle ne soit de nouveau prise de douleurs.

Cependant, elle finit par se blottir contre mon torse, comme si elle essayait de se frayer un chemin jusqu'à la source du ronronnement.

Je soupirai avant d'intensifier le grondement sourd pour la réconforter.

Elle se pelotonna encore plus et murmura :

— Merci.

Plutôt que de répondre, je me remis à marcher.

Ce n'est que lorsque nous atteignîmes les cabanes qu'elle dit :

— C'est la première fois qu'un Alpha ronronne pour moi.

Sa voix était douce et sonnait presque embrumée. Elle ajouta :

— Et je n'ai jamais été nouée.

Cet aveu ne me surprit pas. Lorsqu'une Oméga était revendiquée, elle était généralement nouée aussi. Cela expliquait largement ses hésitations envers les Alphas.

Cela dit, j'étais sérieux quant à ma capacité à me contrôler. Je faisais partie de ces quelques Alphas capables de maîtriser leurs instincts de rut.

Il était clair que ses insultes avaient aidé, car si mon corps était tout prêt à se lancer, mon esprit clamait haut et fort qu'il en était hors de question.

Elle continua à se frotter le visage contre moi tandis que je m'approchais de la cabane que j'avais identifiée comme étant la mieux fournie. Elle possédait aussi une lourde porte extérieure qui serait utile si nous devions empêcher des intrus d'entrer. Les fenêtres sans vitre allaient être problématiques, mais je pourrais y remédier.

Tout comme j'avais prévu d'aller examiner le groupe électrogène qui se trouvait à l'arrière pour voir si je pouvais le faire démarrer. D'après ce que j'avais vu, il était relié à des panneaux solaires, ce qui signifiait qu'il serait probablement possible de nous en servir.

J'ouvris la porte d'un petit coup de botte, toujours à l'écoute du moindre son autour de nous. Mais c'était aussi silencieux qu'auparavant, mon nez ne percevant rien d'autre que l'odeur sucrée de Riley.

Il faudrait de toute façon que j'examine à nouveau les alentours bientôt, car il y avait des chances pour que le parfum d'Oméga rende toutes les menaces potentielles difficiles à repérer.

Plus j'agissais rapidement, mieux ce serait pour elle.

Je la portai donc dans la maison et montai à l'étage pour l'installer sur le lit d'une des deux chambres.

— Il n'y a pas l'eau courante, mais il y a un puits avec une pompe à l'arrière ainsi qu'un générateur. Je vais aller voir ce que je peux faire. Si tu cherches des vêtements, il y en a dans l'armoire et il y a aussi des aliments en boîte dans la cuisine.

Je n'entrai pas plus dans les détails et me tournai pour repartir.

— Jonas...

Je m'arrêtai sur le seuil de la chambre, sans la regarder.

— Oui ?

— Je n'ai vraiment rien contre toi, dit-elle en répétant ses paroles de tout à l'heure. Je suis désolée de m'être montrée aussi malpolie et de t'avoir manqué de respect.

Ma mâchoire se serra tandis que j'essayais de trouver quoi lui répondre.

J'appréciais ses excuses, mais je n'étais pas encore sûr de les accepter.

Pour autant que je sache, il était bien possible qu'elle soit seulement en train d'essayer de me convaincre de renoncer à me contrôler pour que je la noue et qu'elle puisse se servir de ça contre moi plus tard.

C'était le genre de choses qu'elle était capable de faire.

Alors plutôt que de répondre, je hochai brièvement la tête.

Puis, je partis.

J'avais une cabane à sécuriser et une Oméga à protéger. C'était le plus important pour le moment et rien de tout ça ne se ferait en restant là à discuter avec elle.

Elle pouvait bien se débrouiller seule pendant un petit moment.

Pendant que je m'occupais de tout le reste.

CHAPITRE 8
RILEY

Quelque part en Caroline du Nord

Je faisais les cent pas dans la cuisine, frustrée.

Cela n'avait rien à voir avec le peu de nourriture disponible, je ne m'attendais pas à trouver grand-chose, c'était plutôt lié à l'absence prolongée de Jonas.

Il était parti voilà des heures. La nuit était complètement tombée. Je n'arrivais à voir qu'à travers ma vision de louve. Or ce sens allait aussi de pair avec un odorat et une ouïe plus aiguisés, et j'étais incapable de sentir ou d'entendre Jonas.

Il avait disparu.

Lorsque j'étais sortie de la maison trente minutes plus tôt, je n'avais réussi à relever qu'une légère note de son odeur, ce qui signifiait qu'il était parti depuis déjà un moment.

Pour aller où ? Que fait-il ? Est-il en train de me punir ? Ou bien est-ce sa définition du contrôle : s'enfuir le plus loin possible de l'Oméga en chaleur ?

Sa fureur avait été évidente. Je savais que j'avais été

trop loin, mais je n'avais pas réalisé à quel point il était en colère avant de me retrouver tout contre lui.

Pourtant, il avait ronronné pour moi.

Malgré sa rage, il avait quand même pris soin de moi.

Parce qu'il prend toujours soin de moi. Même avant de savoir que j'étais une Oméga, il avait toujours été là pour moi, il m'avait protégée et avait répondu à mes besoins.

C'était son boulot d'agir ainsi, mais il avait dépassé ce qui était attendu de lui. Il me traitait comme si j'étais *à lui.*

C'était l'une des raisons pour lesquelles je m'étais montrée aussi hostile à son égard. Je refusais d'appartenir à quelqu'un, d'être revendiquée ou prise en charge par un Alpha.

Je voulais garder ma liberté.

Et Jonas venait de me la servir sur un plateau d'argent.

Je ne vais pas te nouer, Oméga.

Je pensais qu'il plaisantait. Quel Alpha peut résister à une Oméga en chaleur ?

Cependant, la manière dont il avait reculé la tête quand je l'avais caressé, même si je l'avais fait sans en avoir entièrement conscience, avait montré à quel point il était sérieux.

Il ne voulait vraiment pas me nouer.

Son corps y était indéniablement prêt, il avait même dit qu'il était sur le point de le faire, mais tout avait changé au moment où il m'avait laissée au bord de la rivière.

Parce que jusqu'à cet instant, il pensait que ma louve voulait de son loup.

À ce moment-là, il avait l'intention de me nouer.

Mais c'était justement le désir de ma louve pour lui qui m'avait fait réagir ainsi. Je détestais la sensation de faiblesse que cela me donnait. Je m'étais alors déchaînée de la pire des façons : en blessant son ego d'Alpha.

Cependant, sa colère semblait avoir des racines bien plus profondes.

Il avait déclaré que je l'avais rejeté. Je lui avais assuré le contraire, mais cela n'avait rien changé.

Parce que la vérité, c'était que je l'avais effectivement rejeté. Pendant des mois. J'avais vraiment été plus que cassante avec lui parce que je ne m'étais pas rendu compte de mes véritables sentiments envers lui.

Je ne voulais simplement pas de relation avec cet Alpha qui émoustillait l'Oméga en moi.

C'est pour ça que je m'étais montrée malpolie, cruelle et même carrément *méchante*.

Alors oui, on pouvait dire que je l'avais rejeté.

De manière répétée.

Tout ça pour nier le fait qu'en réalité j'avais envie de lui.

— Bien joué, Riley, me félicitai-je.

Le bon côté de la situation était que je n'avais pas à m'inquiéter d'être revendiquée.

Cependant, je commençais désormais à avoir envie qu'il le fasse. Parce qu'il était véritablement un compagnon digne de ce nom.

Il m'avait prouvé qu'il ne ressemblait à aucun autre des Alphas que je connaissais. Je l'avais repoussé en me basant sur mon passé, tout en ignorant avec entêtement le présent et le futur qui étaient juste sous mes yeux.

Je posai les bras sur le plan de travail de la cuisine et me penchai en avant pour laisser mon front tomber contre la surface en marbre. Elle n'était pas fraîche mais chaude, à l'image de toute cette fichue baraque.

J'avais choisi de porter une petite robe d'été légère à cause de la chaleur. Rien d'autre. Elle avait des bretelles fines, un large décolleté et m'arrivait à mi-cuisse.

J'étais à peu près certaine qu'il s'agissait d'une taille enfant.

Je mesurais un mètre cinquante-sept et portais des vêtements de petite taille à cause de ma stature d'Oméga.

Un grognement sourd retentit en moi, car mon agacement vis-à-vis de la situation revenait occuper mon esprit. J'avais été tellement méchante envers Jonas à propos de choses qui n'étaient pas sa faute. Des choses que ni lui ni moi ne pouvions changer. Des choses qui m'avaient terrorisée toute ma vie.

Tu ne sais absolument rien de moi, Dre Campbell. Tu n'as jamais essayé de me connaître.

Jonas avait raison.

Mais il avait aussi tort.

Je ne savais pas grand-chose de lui, mais j'en savais suffisamment. C'était un homme qui parlait peu et qui se définissait par ses actes.

Ses actions montraient bien qu'il était un Alpha respectueux.

Il ne m'avait pas une seule fois obligée à me prosterner devant lui. Il ne m'avait jamais remise à ma place, malgré les nombreuses occasions que je lui avais fournies de le faire. Il s'était toujours montré cordial et extrêmement *patient*.

— Un de ces jours, il va te faire plier et te baiser jusqu'à ce que tu deviennes obéissante, avait plaisanté Kieran une fois, après m'avoir vue congédier Jonas sans ménagement. Et tu vas adorer ça.

J'avais ri jaune.

— On sait très bien tous les deux que ça n'arrivera pas.

— Au contraire, *macushla*, avait murmuré Kieran à mon oreille. Tu es bien la seule qui pense cela. Il finira bien par découvrir ce que tu caches et là… tu verras.

— Eh bien maintenant il sait, répondis-je comme si Kieran pouvait m'entendre.

Cela dit, j'aurais bien aimé qu'il soit là. Lui aurait trouvé une solution à tout ça.

Une solution qui aurait probablement été de laisser Jonas me nouer.

Merde, il m'aurait probablement même poussée à accepter que Jonas me revendique.

— Il a grandi dans le Secteur Sanglant, avait un jour dit Kieran. Je ne le connais pas bien, mais Lorcan oui. Apparemment, ils aiment bien passer du temps tous les deux à ne rien se dire.

J'avais rencontré Lorcan quelques fois en passant. C'était l'un des gardes d'élite de Kieran. Il était absolument terrifiant. Un peu comme Jonas finalement.

Parce que Jonas avait ce côté sombre et orageux qui pouvait le rendre effrayant. Cependant, contrairement à Lorcan, Jonas avait essayé de se rendre plus accessible en ma présence. Il avait souvent essayé d'engager avec moi une conversation polie.

Et je l'avais *rejeté* à chaque fois.

— Parce que je suis quelqu'un d'horrible, me dis-je à moi-même. *Argh !*

Je méritais la punition qu'il m'imposait. Je méritais d'être abandonnée. Seule. Je méritais de devoir traverser mon œstrus sans être touchée par un Alpha.

Ça ne serait pas la première fois.

Et probablement pas la dernière non plus.

J'avais choisi cette vie solitaire. Je n'avais jamais voulu d'un nid, d'un enfant ou d'un compagnon.

Parce que je n'avais jamais croisé le bon Alpha pour ça.

Jusqu'à ce que je rencontre Jonas.

C'est la raison même pour laquelle je l'avais repoussé. Il me faisait peur. Il me faisait remettre en question trop de choses. Il conduisait ma louve à s'agiter d'impatience à l'intérieur de moi. Elle le voulait. Même maintenant, elle me criait de me transformer et de partir à sa recherche. Elle voulait qu'il la revendique. Elle voulait entendre son ronronnement, sentir ses caresses. Elle voulait son *nœud*.

Je me demandais quelle part de ses désirs était liée à mes chaleurs.

Et quelle part vient réellement de moi ?

Je pouvais admettre que j'avais été attiré par Jonas dès le premier jour. C'était difficile d'ignorer son beau visage, ses épais cheveux blonds et sa silhouette musclée.

Il était l'incarnation du mâle Alpha.

Un spécimen fait pour recevoir l'adoration de mes mains et de ma langue.

Mon attirance envers lui dépassait pourtant largement le simple désir sexuel. Il venait s'ancrer au plus profond de mon âme.

C'est juste que je n'avais jamais compris pourquoi ni comment cela était possible. Les loups du X-Clan n'ont pas d'âme sœur. Nous choisissons nos partenaires.

Pour ma part, j'avais choisi de ne pas prendre d'Alpha.

Bon sang, j'avais même été jusqu'à supprimer cet instinct par les médicaments.

Pourtant, cela n'avait pas empêché ma louve de réagir à la présence de Jonas.

Je pensais que c'était simplement parce que c'était un Alpha du X-Clan, mais en vérité, je n'avais jamais désiré un mâle comme je désirais Jonas.

Il y avait eu plein d'autres Alphas que j'avais trouvés séduisants.

Mais Jonas était dans une tout autre catégorie.

Cette parfaite maîtrise de lui-même, son calme infaillible et l'inexplicable patience dont il faisait preuve envers moi le rendait d'autant plus désirable.

Tout comme la retenue qu'il avait montrée ce soir et la confiance qu'il avait en sa capacité à museler ses instincts de rut.

La manière dont il m'avait portée et avait ronronné pour moi, même alors qu'il était furieux contre moi.

Il était ce qu'un Alpha devrait être : *un homme d'honneur.*

Je devrais partir à sa recherche pour m'excuser, décidai-je en me redressant.

J'avais mangé peu de temps après son départ, quelques boîtes de conserve choisies au hasard et de vieux biscuits, et cela m'avait redonné un peu d'énergie.

Sauf que mes entrailles continuaient de se révolter. J'avais régulièrement des spasmes et des crampes qui me paralysaient pendant de longues périodes.

Elles arrivaient environ toutes les trente minutes.

Cela signifiait qu'une autre crise était imminente.

Je ne voulais pas subir cette douleur en étant dehors, seule dans la nature. Il n'y avait peut-être pas d'Infecté dans les parages, mais il suffisait que le vent souffle dans la mauvaise direction pour que ça change.

Je deviendrais alors le dîner d'une horde d'humains affamés.

La maladie les privait de leurs capacités intellectuelles, tout en leur donnant le goût de la chair. Leurs corps se détérioraient sans mourir, puisque le but du virus était de garder ses hôtes en vie comme des cadavres animés.

C'était particulièrement perturbant.

C'était l'un des principaux problèmes que nous rencontrions dans notre recherche d'un traitement. Les humains étaient trop abîmés pour que nous puissions les ramener à la vie.

Après un certain stade, c'était cruel de les forcer à revenir, et ce stade était très rapidement atteint après l'infection initiale.

Mes épaules se voûtèrent et je me laissai tomber sur l'une des chaises de la cuisine.

J'avais passé tellement de temps à chercher une solution, tellement de temps à espérer pouvoir sauver l'humanité, mais chaque jour qui passait me rapprochait de la conclusion que j'avais échoué.

Ce n'était peut-être pas juste de ma part de penser ainsi, mais c'était vraiment l'impression que j'avais. Je détestais ce sentiment d'échec.

Tout ça rendait la situation avec Jonas encore pire, parce qu'avec lui aussi j'avais échoué.

— Je prendrai une soirée déprime en solitaire, s'il vous plaît !. murmurai-je à l'intention de la table en face de moi.

Une table de petite taille, avec une seule autre chaise que la mienne.

Une chaise sur laquelle Jonas aurait dû être assis.

En fait, non.

En ce moment, Jonas aurait dû être en train de me sauter dans le lit à l'étage. Ma louve acquiesça vivement à cette idée, mais très vite cela se transforma en agacement. Elle était énervée… contre moi. Parce que c'était à cause de moi que le compagnon qu'elle s'était choisi était parti.

Je posai les mains contre mon ventre, en espérant que la prochaine vague de douleur se déclenche sur le champ pour que je puisse ensuite me lancer à la poursuite de Jonas.

Bien sûr, ça n'arriva pas.

Cependant, je savais qu'à la seconde où je quitterais la maison, mes crampes recommenceraient et je serais sans défense.

Je suis donc coincée ici pour le moment.

Je posai la tête sur la table, comme je l'avais fait sur le plan de travail, et poussai un soupir d'exaspération.

Je ne peux pas rester le cul sur ma chaise comme ça.

Il fallait au moins que je me prépare. Si Jonas m'avait réellement laissée et que je devais me débrouiller seule, il fallait que je me barricade, que je me prépare une tanière digne de ce nom. Je savais que d'ici quelques heures, je serais complètement submergée par mes besoins physiques et incapable de me protéger.

Il avait pourtant dit qu'il me protégerait, pensai-je. *Est-ce qu'il a pu lui arriver quelque chose ? A-t-il changé d'avis ? Est-il en train de me punir ?*

J'avais déjà réfléchi à cette dernière question. Tout comme je m'étais demandé s'il s'était enfui pour mieux contrôler ses instincts sexuels. Cela dit, il avait semblé parfaitement se maîtriser tout à l'heure.

Soit il lui était arrivé quelque chose, ce dont je doutais fortement étant donné ses capacités exceptionnelles, soit il avait décidé de me punir.

Dans ce cas, il n'avait pas dû partir très loin. Juste à une distance suffisante pour que je ne puisse plus sentir sa présence.

Peut-être qu'il avait mis en place un périmètre de sécurité autour duquel il circulait pour me protéger, tout en me laissant tout de même seule.

Connard ! marmonnai-je.

Au moment même de prononcer cette insulte, je me rendis pourtant compte que ce n'était absolument pas le cas. Il ne faisait que me donner ce que je voulais.

Ce qui signifiait que c'était *moi* qui me punissais.

C'était bien mon genre.

Je me levai et me remis à faire les cent pas.

J'allais avoir besoin de plus de draps, d'eau et peut-être d'une laisse. Sans ça, je finirais probablement par quitter la maison pour retrouver Jonas… ou un autre Alpha.

Ou quoi que ce soit susceptible de me baiser.

Voilà pourquoi je déteste être une Oméga.

Mais plutôt que de rester assise à me plaindre, il fallait que je me prépare pour la suite.

Après tout, j'étais une docteure en maladies infectieuses renommée.

J'étais capable de gérer un cycle de chaleurs.

Il me fallait juste le bon matériel et réussir à me barricader dans une chambre.

Tu vas y arriver.

CHAPITRE 9
RILEY

Quelque part en Caroline du Nord

Je ne vais jamais y arriver, c'est sûr.

Je vais mourir.

Parce que là, je suis à l'agonie.

Je m'étais roulée en boule dans le placard, à frissonner malgré la chaleur ambiante.

J'avais choisi ce petit espace clos pour mon nid parce que je m'y sentais en sécurité. Du moins au début. Mais à mesure que les terribles secousses avaient continué à tourmenter mon corps, j'avais fini par me sentir agitée et claustrophobe.

Un petit gémissement s'échappa de mes lèvres, ma louve intérieure me suppliant de la soulager. Pas forcément à travers une relation sexuelle, mais il lui fallait *quelque chose*. Même un cube de glace lui ferait du bien.

Il faisait tellement chaud ici.

L'air était suffocant.

Et surtout, *j'étais seule.*

C'était la voie que j'avais choisie, je le savais. La voie que je méritais.

Une larme vint ponctuer la profonde tristesse que je ressentais. J'avais envie de grogner. *Je ne suis pas cet être pathétique. Je suis la Dre Riley Campbell. Je n'ai pas besoin d'un Alpha. Je n'ai besoin de personne.*

Sauf que cela ne m'empêchait pas de ressentir le profond désir d'avoir de la compagnie.

Et pas celle de n'importe qui : celle de Jonas.

J'inspirai profondément, à la recherche de son odeur boisée. De sa protection permanente. De sa présence autoritaire.

Cela faisait des mois qu'il m'accompagnait, toujours à me fixer, toujours à me garder. C'était un juste retour des choses qu'il m'ait abandonnée juste au moment où j'étais le plus dans le besoin.

Parce que je n'avais jamais fait preuve de respect envers lui.

Je ne l'avais jamais réellement remercié.

Je n'avais même jamais été gentille avec lui.

Je ramenai mes genoux contre ma poitrine tout en sentant le tissu de ma robe qui collait à ma peau moite. Je gémis de nouveau, l'humidité entre mes cuisses à présent collante et chaude.

Brûlante même.

Je déglutis, mais ma gorge était toute sèche. Je n'avais pas réussi à trouver grand-chose à boire. Comme me l'avait annoncé Jonas, il n'y avait pas d'eau courante.

Cette semaine va être très, très longue.

Heureusement, les loups étaient résilients. Je savais que je pouvais survivre avec très peu. Cela m'affaiblirait énormément, mais tant que je survivais, j'allais finir par être capable de rejoindre Fort Bragg.

Si Jonas ne me laisse pas mourir ici, pensai-je amèrement.

Enfin non, c'était injuste de ma part. Il m'avait largement prouvé que je pouvais compter sur lui. Il était peut-être en colère contre moi, mais il n'était pas du genre à m'abandonner à un tel destin.

Il est simplement en train de me punir.

C'est sa manière de me remettre à ma place.

Parce que c'est un Alpha et que c'est comme ça que les Alphas se comportent.

Je serrai mes genoux contre moi aussi fort que possible, cherchant désespérément à les faire cesser de trembler. Mais ça ne fit qu'empirer les choses.

— Riley ?

La voix grave de Jonas s'enroula autour de moi, comme venue des profondeurs de la nuit.

Un mensonge.

Un vœu pieux.

Un délire dû à la fièvre.

— Riley ?

La voix résonna de nouveau et ma louve poussa un petit gémissement à l'intention de ce compagnon tant désiré.

Ce n'est pas la réalité, lui dis-je. *C'est notre esprit qui nous joue des tours.*

J'avais déjà vécu ça pendant mes chaleurs. Enfin, pas exactement *ça*. Parce que je ne connaissais pas encore Jonas au moment de mon dernier cycle. Cela dit, je connaissais bien la capacité de mon cerveau à fabriquer ce genre de fantasmes dans ces moments de délire.

Une fois, j'avais laissé un Bêta me sauter en imaginant qu'il s'agissait d'un Alpha. Mon esprit avait entièrement fabriqué la sensation selon laquelle il possédait un nœud, alors que ce n'était pas le cas.

Cela avait été horriblement douloureux.

Je n'avais plus jamais laissé un Bêta m'approcher au moment de mes chaleurs.

Seul un Alpha pouvait réellement satisfaire une Oméga pendant son œstrus.

Désormais, l'Alpha que j'avais choisi avec un nom.

— *Jonas.*

Le simple fait de le prononcer provoqua une série de spasmes en moi, et ce n'était que le début de l'hystérie.

J'inspirai profondément pour laisser son parfum m'envelopper dans un océan de bonheur momentané, en sachant que je me noierais de nouveau à la prochaine respiration.

Ce n'est pas la réalité, me répétai-je. *Il est parti. Il m'a abandonnée, seule ici. Il me punit.*

Un léger murmure vint pénétrer ma solitude. Ma louve se redressa en moi et je me mis à renifler l'air lorsque l'odeur de Jonas me submergea de nouveau.

Bon Dieu, cette odeur a vraiment l'air réelle.

Je pouvais presque l'entendre se déplacer dans la maison.

Ses bottes dans l'escalier.

Mon nom sur ses lèvres.

Sa main qui fait pivoter la poignée du placard.

Je fermai les yeux pour imaginer son visage au-dessus de moi. Son regard bleu glacial qui brillait dans la nuit. Ses cheveux qui ondulaient en vagues sauvages autour de son visage. La barbe naissante sur sa mâchoire serrée. Ses mains posées sur...

— Riley.

Sa voix n'était plus qu'un murmure.

Elle s'estompe.

Elle s'éloigne.

Elle se transforme en...

Ses doigts caressèrent doucement ma joue.

Et son ronronnement...

Oh, louves de tout pays, ce ronronnement est le son le plus extraordinaire qui soit au monde. Tellement chaleureux et apaisant. Absolument parfait.

Je penchai la tête pour m'appuyer contre ses doigts, perdue dans ce rêve, perdue en *lui*.

Le grondement s'amplifia, et ses doigts vinrent se caler derrière ma nuque. Il m'offrait la domination tant désirée par ma louve intérieure.

Je poussai un profond soupir.

— Jonas.

— Je suis là.

— Tu n'es pas là, murmurai-je. Mais ce n'est pas grave, je comprends.

— Non, Riley. Je suis là.

Il souligna cette affirmation d'un petit grognement qui affaiblit son ronronnement.

Je fronçai les sourcils et ouvris très légèrement les yeux. Je m'attendais à ce que mon rêve s'évanouisse, mais il n'en fut rien. Au lieu de cela, son visage inquiet vint remplir mon champ de vision.

— Jonas.

— Oui, répondit-il en serrant doucement ma nuque. J'ai dû aller chercher de quoi faire fonctionner le générateur et la pompe. Tout fonctionne maintenant. On devrait bientôt avoir de l'eau.

Il était accroupi devant moi.

Il semblait sur le point de se relever, alors je me jetai sur lui pour le garder près de moi, terrifiée à l'idée qu'il puisse me laisser à nouveau. J'avais tellement peur qu'il *disparaisse.*

— Tu es vraiment là, m'émerveillai-je en enfouissant mon nez dans son cou. Oh, Lunes, tu es *réel* !

Je ne pouvais pas m'arrêter de trembler et mon besoin de m'accrocher à lui l'emportait sur toute autre pensée ou raisonnement.

Ce n'était pas à cause de mes chaleurs.

Ou peut-être était-ce entièrement à cause de mes chaleurs.

Je ne savais plus.

La seule chose que je savais, c'est que j'avais besoin de *lui*. Pas de son nœud, mais de l'homme.

— *Jonas*.

— Hé, chuchota-t-il en passant son bras autour de moi, je suis là Doc, ça va aller.

Je secouai la tête.

— Tu étais parti.

— Pour rassembler le matériel dont on avait besoin.

— Pour me punir, dis-je sans l'écouter. Tu m'as laissée pour me punir, et je le méritais. J'ai été... J'ai été méchante et irrespectueuse envers toi. Je te demande pardon. Je... Je voulais te maintenir à distance. Je ne voulais pas avoir envie de toi. Mais ma louve... J'ai dû prendre des tonnes d'inhibiteurs pour éviter *ceci*. Pour t'éviter *toi*. Je... je...

Je n'étais plus très sûre de ce qu'il y avait à ajouter.

Il y avait tellement de choses pour lesquelles j'étais désolée.

Je voulais seulement qu'il reste avec moi.

— Reste, s'il te plaît, murmurai-je. Je sais que je ne te mérite pas, mais... mais j'ai besoin de toi.

Il s'agissait déjà pour moi d'un aveu important, mais je savais que c'était loin d'être suffisant, alors je continuai :

— Je suis désolée de t'avoir insulté. Je suis désolée pour tout. Je cherchais seulement à t'irriter autant que tu m'irritais.

Je pris une grande inspiration pour me remplir de son odeur familière, de sa force, de sa présence.

À *nous*, semblait chantonner ma louve. *Ce mâle est à nous.*

J'aimerais que ce soit vrai, pensai-je en retour, *mais ce n'est pas le cas.*

— Je t'irrite ? demanda-t-il doucement.

— Ce n'est pas ta faute, marmonnai-je, toujours blottie contre son cou. Tu me rends folle, parce que ma louve te veut. Elle n'a jamais désiré un autre loup comme ça. C'est la raison pour laquelle mes inhibiteurs étaient tellement moins efficaces que d'habitude. J'avais toujours besoin de calmer ses envies. Et ça… me mettait tellement en colère… contre toi.

— Parce que ta louve me veut.

— Et moi aussi, dis-je tout bas. Je ne veux pas appartenir à quelqu'un. Je ne veux pas qu'un Alpha me dise ce que je dois faire. Je veux être libre, mais toi… tu m'as poussée à explorer d'autres possibilités. Je ne veux pas explorer d'autres possibilités, Jonas. Je veux garder le contrôle de ma vie, de mes *choix*.

— Et tu penses que prendre un Alpha pour compagnon ne te laissera plus le choix ?

— Je ne veux pas d'un louveteau. Du moins pas pour le moment. Les Alphas ne font qu'enfermer les Omégas dans leur nid. Ils les obligent à se reproduire.

— Certains, c'est vrai, acquiesça-t-il tout en passant sa main le long de mon dos. Mais ce n'est pas le cas de tous les Alphas, Riley.

Je secouai la tête.

— Tous les Alphas que je connais en tout cas.

— Moi je ne fais pas ça, répliqua-t-il.

— Tu n'as pas encore pris de compagne.

— C'est par choix, dit-il d'un ton frustré. Tu ne m'as jamais posé de questions concernant mon passé ou les raisons pour lesquelles j'ai pris certaines décisions. Comme par exemple, pourquoi j'ai choisi d'être ton garde plutôt que de prendre le contrôle d'un clan ?

Je fronçai les sourcils.

— Pourquoi as-tu choisi d'être mon garde ?

— Parce que je préfère être seul, dit-il. J'aime protéger les autres et cela fait partie de ma nature, mais je n'ai jamais croisé une meute que j'avais envie de rejoindre. Et je n'ai jamais eu envie de prendre une Oméga.

— Mais, tu as dit que tu voulais me nouer.

— Parce que c'est *toi*, Riley.

— Parce que tu t'es rendu compte que j'étais une Oméga, traduisis-je.

— Non.

Il replaça sa paume derrière ma nuque et redressa ma tête pour pouvoir me regarder au fond des yeux.

— Cela fait des mois que j'ai envie de toi. Même lorsque je pensais que tu étais une Bêta.

— Pourquoi ?

Il haussa une épaule.

— Ta détermination. Ton intelligence. Ton tempérament de feu et ta répartie. Ton dévouement à une cause. Tout ça.

Je le fixai presque sans comprendre.

— Mon loup pouvait probablement sentir l'Oméga en toi, continua-t-il. Mais l'homme, *moi*, je t'ai toujours désiré, peu importe d'où tu venais.

— Mais un Alpha a besoin d'une Oméga. Les choses n'auraient pu être que temporaires entre nous si j'avais été une Bêta.

— Tu as tendance à faire beaucoup de généralisations concernant les Alphas, murmura-t-il. Nous ne sommes pas tous faits de la même étoffe.

Je plissai le regard.

— Je sais bien qu'il existe différents types d'Alphas, Jonas.

— Je ne parle pas de *type*, docteure. Je parle de personnalité et de désir. Tous les Alphas ne veulent pas la même chose dans la vie. Peut-être que moi non plus je ne veux pas d'enfant tout de suite. Est-ce que tu t'es posé la question ?

— Non, admis-je, mais…

— Mais ? me pressa-t-il.

— Mais je ne me suis pas posé la question parce que… murmurai-je.

— Parce que tu croyais tout savoir de moi, dit-il en se radoucissant. Depuis le début, tu m'as catalogué.

Il se mit à bouger, ce qui poussa instinctivement mes bras à se resserrer autour de son cou.

— S'il te plaît, ne…

Il me souleva du sol sans me laisser finir ma supplique. J'allais lui demander de ne pas me laisser, mais cela me convenait aussi. Immédiatement, j'appuyai de nouveau profondément mon nez contre son cou, inspirant profondément et bourdonnant de satisfaction sous l'effet de son odeur boisée.

Il se remit à ronronner et je faillis me sentir fondre contre lui.

— J'adore ce son, lui confiai-je. Il me donne un sentiment de sécurité.

— Tu es en sécurité, m'assura-t-il. Je ne laisserai personne te faire du mal, docteure.

— Riley, le corrigeai-je. Je t'en prie, appelle-moi Riley.

— Riley, répéta-t-il doucement au creux de mon oreille. Je t'ai fait couler un bain. L'eau vient du puits, mais la maison est équipée d'un filtre pour la purifier. Ça fait partie des choses que je devais réparer.

— Un bain, répétai-je.

— Pour t'aider à faire passer les bouffées de chaleur. L'eau n'est pas vraiment froide, mais elle est fraîche.

Il me transporta jusqu'à la salle de bains de l'autre chambre. Je n'avais pas vraiment pris le temps d'explorer l'étage. J'étais tellement concentrée sur mon besoin de trouver un endroit pour me cacher et j'avais été distraite par mes crampes et la folie qui me guettait.

Sa présence m'avait rassérénée. *C'est son ronronnement. C'est lui*, me dis-je.

Jonas s'apprêtait à me poser à terre.

— Tu peux...

— Ne me laisse pas, lançai-je en m'agrippant à lui de toutes mes forces. S'il te plaît, ne me laisse pas.

Il m'aidait à échapper à la folie. Il m'ancrait dans la réalité et me ramenait à mon humanité.

— Il faut que tu boives de l'eau, Riley. J'ai laissé des bouteilles en bas.

Ma gorge me rappela à quel point cela était vrai, mais mes bras ne voulaient pas lâcher. Je n'avais jamais ressenti un tel besoin et je savais que cela n'avait rien à voir avec son nœud et tout à voir avec *lui*.

Jonas scruta mon visage pendant un long moment.

— D'accord.

Il réajusta ses mains sous moi et me tint contre lui en quittant la salle de bain pour se diriger vers l'escalier. Son ronronnement continuait à m'envelopper tandis que nous descendions. Il se pencha pour attraper une bouteille et me la mit dans les mains.

— Bois ça.

Voilà un ordre face auquel je ne comptais pas rechigner.

Je dévissai le bouchon et engloutis le contenu de la bouteille avec un soupir de soulagement.

Lorsque j'eus terminé, je vis ses lèvres se soulever en un curieux sourire.

— Quoi ?

— C'est juste que ça fait plaisir de te voir obéir pour une fois, dit-il en me prenant la bouteille vide des mains pour m'en donner une deuxième.

J'aurais pu réfléchir à toutes sortes de commentaires ironiques, mais j'avais trop soif pour répondre. « Merci » fut la seule réponse qui me vint.

— De rien.

Il se pencha pour ramasser d'autres bouteilles.

— Tu penses que tu peux les tenir ? demanda-t-il.

Je hochai la tête.

Il en empila quatre dans mes bras, dont celle que j'avais entamée, et retourna vers l'escalier.

— On a de l'électricité maintenant, m'informa-t-il, mais je garde les lumières éteintes pour ne pas attirer l'attention la nuit. J'ai aussi fermé toutes les portes à clé et cloué des planches de bois sur les fenêtres du bas.

— Quand ? dis-je en fronçant les sourcils.

— Ça fait une heure que je suis revenu.

— Mais tu n'étais pas là.

— Avant ça, c'est vrai. Mais je suis revenu. Je pensais que tu étais en train de dormir là-haut, pas cachée au fond d'un placard.

— Je… j'avais besoin d'un espace sûr.

— Tu es en sécurité maintenant, me promit-il en arrivant en haut des marches. Je ne laisserai personne te faire du mal, Riley.

C'étaient les mêmes paroles qu'il avait prononcées quelques minutes plus tôt, mais elles prenaient tout leur sens maintenant qu'elles étaient rattachées à mon nom.

Je me blottis de nouveau contre lui.

— Je ne mérite pas ta bonté.

Il amplifia de nouveau son ronronnement.

— Tu mérites bien plus que de la simple bonté, Riley, dit-il doucement.

Il déposa les bouteilles d'eau dans un coin de la salle de bain.

— Maintenant, je vais te montrer ce qu'un véritable Alpha attend de l'Oméga qu'il a choisie.

CHAPITRE 10
RILEY

Jonas me posa sur mes pieds et se mit à retirer ses chaussures.

Dans mon esprit, il n'y avait guère de doute quant à ses intentions.

Même si j'avais envie d'être en colère à cette idée, ma louve pleurait presque de gratitude en voyant qu'il avait changé d'avis et qu'il allait nous nouer.

Je fis passer ma robe par-dessus ma tête, prête à l'accueillir.

Cependant, il ne me saisit pas immédiatement. Au lieu de ça, il alla ouvrir le petit placard et en sortit du savon et d'autres objets.

— Vérifie la température de l'eau, me dit-il.

Tout en fronçant les sourcils, je me retournai tout de même pour faire ce qu'il m'avait demandé. La fraîcheur de l'eau me fit immédiatement pousser un soupir d'aise, mon corps me suppliant de m'immerger toute entière dans le liquide rafraîchissant de l'immense baignoire.

— C'est plutôt une jolie salle de bain pour une cabane dans les bois, commentai-je d'un air distrait.

— Oui, on peut voir qu'elle a été rénovée récemment. L'extérieur ne paie pas de mine, mais cette maison est plutôt cossue, surtout avec toute cette technologie en matière d'énergie renouvelable, répondit-il en commençant à baisser sa braguette. J'ai déjà mis des sels de bain, mais tu peux en rajouter si tu veux.

Je plissai le front, cherchant à comprendre. *On va baiser dans la baignoire ?*

Je faillis poser la question à voix haute, mais le bruit de son jean glissant sur ses cuisses détourna mon attention et mon regard se dirigea immédiatement vers son entrejambe.

Et vers le nœud impressionnant qui se trouvait à sa base.

Jonas prit mon menton dans sa main et releva mes yeux vers les siens.

— Monte dans cette baignoire, Oméga.

Je faillis trébucher en arrière en me hâtant de lui obéir, ce qui lui arracha un sourd grondement d'approbation. Mais il me rattrapa tout de même par les hanches avant que je ne tombe dans la baignoire.

— Doucement, Riley, souffla-t-il, visiblement amusé.

Il m'aida alors à entrer sans dommage dans la baignoire et fit de même.

Cependant, il ne me força pas à me pencher en avant pour me sauter comme je l'avais anticipé − et *désiré*. Au lieu de ça, il me guida pour que je m'installe sur ses genoux.

Non pas face à lui.

Dos à lui.

Il passa ses bras autour de moi et posa mon dos contre sa poitrine.

— Détends-toi, chuchota-t-il à mon oreille. Je vais prendre soin de toi.

— En me nouant ? demandai-je, la voix pleine d'espoir.

Il fit glisser ses mains sur mes côtes, avant de répondre.

— En te montrant ce que veulent les vrais Alphas.

Ces paroles faisaient écho à celles de tout à l'heure, mais elles prenaient des accents particulièrement intimes à présent.

Je frissonnai, savourant la sensation de son corps contre le mien, de ses mains qui caressaient ma peau, de son souffle contre mon oreille.

— Les Omégas sont rares, continua-t-il. Elles sont là pour être adorées, chéries, *aimées*. Certains disent que cela vient de leur capacité à procréer et des sensations exquises que l'on peut retirer de relations sexuelles avec elles. Mais il s'agit de bien plus que ça, Riley.

Ses lèvres frôlèrent mon cou, ses dents effleurant la peau tendre.

— Il s'agit du lien entre deux âmes. De connexion. Du lien rare qui se crée entre un Alpha et sa compagne.

Il remonta lentement le long de mon cou pour aller mordiller mon oreille, puis il reprit :

— Je n'ai jamais cherché à vivre ce genre de relation parce que je ne pensais pas le mériter.

— Le mériter ? dis-je en fronçant les sourcils.

J'avais du mal à imaginer un Alpha qui *méritait* davantage une compagne que Jonas.

— Pourquoi as-tu l'impression de ne pas mériter une Oméga ?

— À cause de mes gènes, dit-il en haussant les épaules.

Ce mouvement fit glisser légèrement son corps sous le mien.

— Mon père biologique a violé ma mère alors qu'elle

était en chaleur. Il n'a rien fait pour contrôler ses instincts et je fais tout ce qui est en mon pouvoir pour ne pas être comme lui. C'est important de savoir se contrôler, Riley. La maîtrise de soi est la marque d'un Alpha puissant.

— Ton père n'était pas quelqu'un de puissant, en déduisis-je.

— Au contraire, il était extrêmement puissant. Il avait simplement choisi de ne pas être un bon Alpha.

— Et toi tu choisis d'être un bon Alpha… en ne prenant pas de compagne ?

— Non, je choisis d'être un bon Alpha en protégeant ceux qui ont besoin de moi. Si je choisis d'être seul, c'est parce que ça me plaît.

Je comprenais bien ce désir parce que moi aussi je préférais être seule. C'était seulement que mes raisons étaient différentes des siennes.

— Mon sentiment de ne pas mériter une compagne joue un rôle dans ma situation, ou du moins était-ce le cas quand j'étais plus jeune, continua-t-il. Mais les choses ont évolué et maintenant, j'apprécie réellement la solitude.

Il déposa un nouveau baiser sur mon cou et sa main glissa sur mon ventre en direction de mes cuisses.

— Cependant, tu me donnes envie de plus. Cela fait des mois que j'ai envie de toi.

— C'est pour ça que je me suis toujours montrée horrible envers toi. Enfin, pas parce que je sentais ton désir pour moi.

Je le savais intéressé, mais ce n'est pas ce qui avait motivé ma manière d'agir.

— C'est parce que tu me donnais envie de certaines choses qui m'ont toujours effrayée.

Mes entrailles frémirent comme pour acquiescer. C'était mon cycle qui se faisait de nouveau remarquer.

Je grimaçai et mes membres se raidirent face à cette

nouvelle vague de besoin si pressant qui me dévorait de l'intérieur.

Jonas réagit en ronronnant, sa poitrine faisant vibrer mon dos alors qu'il recommençait à caresser mes flancs de haut en bas.

Ses caresses n'avaient rien de sexuel, elles étaient juste intimes.

Comme s'il m'apprivoisait.

Comme s'il m'adorait, selon ses propres mots.

— C'est l'idée d'être revendiquée par quelqu'un qui te fait peur ? Ou plutôt l'idée que le fait d'être revendiquée te forcera à redéfinir qui tu es, et que tu y perdras ton identité ? demanda-t-il doucement.

— Mon identité, soufflai-je, le ventre noué sous l'effet d'une nouvelle crampe douloureuse. J'aime ma liberté.

— Moi aussi j'aime ma liberté, dit-il. J'aime pouvoir voyager, vivre où j'en ai envie et comme j'en ai envie. C'est pour ça que je n'ai jamais rejoint une meute. Je pense que de ce côté-là, on se ressemble un peu.

D'une certaine façon, il n'avait pas tort.

— Oui, mais en tant qu'Alpha, tu auras toujours le choix. Les Omégas perdent toute capacité à choisir lorsqu'elles prennent un compagnon.

— Seulement si elles choisissent un compagnon qui ne tient pas compte de leur libre arbitre.

Il embrassa ma tempe et sa main se posa à nouveau sur mon ventre.

— Riley, je t'aime comme tu es. Même ton côté emmerdeuse me plaît bien. Je ne changerais rien à ta personnalité.

— Tu aimes bien mon côté emmerdeuse ?

Je tentai de me retourner pour le regarder, mais une nouvelle crampe me força à me pencher plutôt en avant.

Je sentis son ronronnement contre mon dos, et celui-ci calma immédiatement ma douleur une nouvelle fois.

— Ton côté emmerdeuse me donne envie de te sauter, répondit-il. Il me donne aussi envie de te punir.

Je m'immobilisai et mon cœur fit un bond dans ma poitrine.

— En me laissant subir les souffrances de mon œstrus seule ? devinai-je.

— Non. Ça, ça ne serait pas une punition, Riley. Ce serait tout bonnement cruel.

Sa main glissa lentement vers le bas, et ses doigts finirent par atteindre le triangle de poils roux entre mes jambes.

Je me mis immédiatement à gigoter, brûlant d'envie que sa main descende plus bas, qu'elle vienne caresser les parties de moi qui avaient besoin de lui, de son nœud.

Il continua pourtant à caresser du bout des doigts la base de mon monticule avant de glisser sur le côté pour descendre le long de ma cuisse.

— La satisfaction différée peut être une punition, m'informa-t-il à voix basse. Mais seulement lorsque cela est bien fait, et pas lorsque l'Oméga souffre à cause de ses chaleurs.

Il remonta alors ses doigts à l'intérieur de mes cuisses jusqu'à ce que son pouce vienne effleurer ma fente humide.

Sa caresse était si légère.

Pleine de promesses.

Et pourtant, tellement insuffisante.

— Une bonne fessée peut constituer une punition amusante, continua-t-il. Même si pour ma part, je préfère une approche plus créative, comme de jouer avec les températures ou avec des plumes.

Mes cuisses se contractèrent.

— La satisfaction prolongée est une autre de mes méthodes de prédilection, ajouta-t-il.

Sa voix grave déclencha un volcan de sensations intenses en moi.

— Faire jouir une femme pendant plusieurs minutes plutôt que quelques secondes. La forcer à me supplier d'arrêter pour qu'elle puisse reprendre son souffle.

Il continua à explorer l'intérieur de mon sexe et ses doigts trouvèrent rapidement mon clitoris. Il le caressa doucement.

— Je pense qu'il s'agirait d'une punition idéale pour toi, Riley. Toi qui aimes tellement parler, je serai content de t'entendre me *supplier* plutôt que de m'*insulter*. Je te montrerai pourquoi mon nœud est le seul qui peut vraiment te satisfaire et je te prouverai que « n'importe quel nœud » d'Alpha ne ferait pas l'affaire.

— Oh mon Dieu…

Ses paroles à elles seules allaient finir par me faire grimper au plafond.

— Je vais te faire répéter encore et encore que c'est *mon* nœud qui te rend folle, *mon* nœud que tu désirais depuis le début, *mon nœud* que tu veux sentir en toi.

Il augmenta un peu la pression de son doigt contre mon bouton sensible, sa bouche toujours contre mon oreille.

— Ton nœud, murmurai-je. Seulement ton nœud.

— Oui, c'est ça, marmonna-t-il. Mon nœud est le seul dont tu aies vraiment *besoin*.

— Oui, sifflai-je en me cambrant contre sa main. C'est ce que je veux depuis des mois. Depuis le jour où je t'ai rencontré. Je t'ai détesté à cause de ça.

Si ça se trouve, je le déteste encore.

Mais bon Dieu, ce que j'avais envie de lui !

J'avais *vraiment* envie de lui.

— Parce que tu as peur que je te revendique.

— J'ai peur que tu me revendiques, dis-je en écho. Je ne veux pas devenir la propriété de quelqu'un.

— Tu ne serais pas ma propriété, Riley. Tu serais ma compagne. Ma partenaire de vie adorée. La femme pour qui je donnerais tout et la louve que je jurerais d'aimer et de protéger jusqu'à mon dernier jour.

Je frissonnai, ses paroles libérant en moi quelque chose que j'avais ignoré depuis bien trop longtemps.

— Je ne veux pas d'un nid plein de bambins, Riley. Je veux une compagne heureuse qui se sente aimée et en sécurité et qui aime être à moi tout en sachant que je suis aussi à elle. Je veux une partenaire, pas une propriété.

Oui, pensai-je en me frottant contre sa main. *Moi aussi, c'est ce que je veux. Je te veux* toi.

— Tous les Alphas ne revendiquent pas une Oméga pour qu'elle leur appartienne, susurra Jonas. Certains d'entre eux veulent seulement une partenaire à adorer tout au long de leur vie. Exactement comme je le fais avec toi en ce moment.

Il glissa deux doigts en moi et les replia d'une manière qui me soulagea immédiatement et profondément.

— Je prends soin de toi parce que tu en as besoin.

Ses mots étaient un souffle contre mon oreille.

Je sursautai lorsqu'il appuya la paume de sa main sur mon clitoris tout en continuant à me pénétrer de ses doigts.

Encore, pensai-je en me cambrant contre lui. S'il te plaît, *j'en veux encore.*

— Je ne te possède pas, ajouta-t-il doucement. Je ne profite pas de toi, seulement pour te nouer. Je t'aide juste à te sentir mieux, même si une part de moi a encore envie de te punir pour toutes les insultes que tu m'as balancées.

Je déglutis, mon corps se consumant de désir pour lui alors même que mon cœur se serrait dans ma poitrine. Le ton de sa voix me confirmait que je l'avais réellement blessé, ce qui n'avait jamais été mon intention.

— Je choisis de ne pas te punir, Riley. Je mets tes besoins avant les miens. Parce que c'est ce que fait un bon Alpha.

Il courba de nouveau les doigts comme pour ponctuer sa phrase, propulsant mon corps vers un orgasme qui voila ma vision dans une explosion de lumières blanches.

Son nom s'échappa de mes lèvres sur un halètement lorsque je me saisis de son poignet pour l'obliger à rester entre mes cuisses.

Non pas qu'il ait essayé de retirer sa main.

Il s'était contenté de poursuivre ses caresses, prolongeant mon plaisir tandis que le rythme rassurant de son ronronnement continuait de m'apaiser.

— Mmm, je pourrais m'habituer à ce genre de son, souffla-t-il. La manière dont tu m'enserres me donne envie de m'enfoncer dans ta petite chatte luisante et de te nouer pendant des jours.

— Oui, dis-je en reculant les hanches vers son sexe. Je veux ton nœud. Seulement ton nœud et aucun autre.

— C'est bien toi qui parles ? Ou tes chaleurs ? demanda-t-il d'un ton taquin.

— C'est moi. C'est les deux. C'est… ma louve.

Je frémis au moment où sa main bougea. Mon corps était plus que prêt à repartir.

— Je te veux Jonas. Je te veux depuis le premier jour où je t'ai vu. Mon chevalier d'Islande. Mon protecteur. Mon…

Mon avenir.

J'étais complètement à sa merci. À notre merci.

Peut-être étaient-ce mes chaleurs, peut-être était-ce ma louve qui prenait le contrôle. Peut-être aussi que les inhibiteurs avaient fini par briser mon esprit.

Je voulais tellement Jonas.

— Noue-moi, suppliai-je. S'il te plaît.

— Non, dit-il en me mordillant le lobe de l'oreille.

Je sentis mon cœur se décomposer en entendant son refus.

Il voulait me prouver qu'il savait se maîtriser. Me montrer comment un Alpha pouvait contrôler son rut.

Était-ce à cause de mon comportement ? De mes insultes ? Ou était-ce lié à ce qu'il m'avait confié sur son père ?

Sa main quitta la moiteur de mon entrejambe pour monter jusqu'à ma mâchoire.

Une larme brouilla ma vision et mon cœur sembla se briser en comprenant qu'il ne m'avait pas menti en disant qu'il ne me nouerait pas.

Il attrapa mon menton et tourna mon visage vers le sien.

Son regard bleu glacier captura le mien.

— Je veux d'abord t'embrasser, dit-il. Ensuite je te nouerai.

Il m'attira contre lui, ses lèvres à seulement un millimètre des miennes.

— Et lorsque je serai en toi, je te revendiquerai.

Mon cœur bondit dans ma poitrine.

— Jonas…

Il frôla ma bouche de ses lèvres pour me faire taire.

— Mon loup t'a choisie. Il va te revendiquer, Riley. Tout comme ta louve va revendiquer mon loup.

Mon animal chantonna, comme pour exprimer son approbation.

Elle l'avait choisi dès le premier jour.

J'avais juste refusé de laisser s'exprimer cet instinct en me montrant insupportable envers Jonas.

Mais il ne semblait plus s'en soucier.

Ses yeux bleu clair semblaient briller lorsqu'il me murmura :

— Et après ça, je vais passer le reste de ma vie à te montrer ce que ça signifie d'avoir un bon Alpha comme compagnon.

CHAPITRE II
JONAS

Je n'étais pas du genre à mâcher mes mots ou à faire de fausses promesses. J'avais dit la vérité. Je savais que si je la nouais pendant ses chaleurs, j'allais aussi la revendiquer.

Ce n'était pas une question de contrôle, il s'agissait simplement du besoin impérieux de mon loup de posséder cette femme.

Je pouvais dompter mes instincts et me retenir de la nouer. Je pouvais partir maintenant si je le voulais.

Cependant, je savais qu'à l'instant où je céderais aux besoins de Riley, j'allais perdre le contrôle au profit de mon loup. Je pouvais le diriger. Je pouvais lui dire quand arrêter. Je pouvais même le forcer à ne pas la revendiquer.

Mais je n'en avais pas envie.

Si elle voulait mon nœud, elle allait prendre tout ce qui venait avec.

Je refusais de faire les choses à moitié avec elle.

Pas après tout ce qu'elle venait d'avouer. Pas après

124

l'année que nous venions de passer ensemble. Pas après l'avoir sentie se désintégrer de plaisir sous mes doigts.

Je n'avais plus l'intention de rester assis sur le banc de touche et de faire des courbettes.

Sur ce point précis, j'allais réclamer sa soumission.

Cependant, si elle me rejetait maintenant et me disait non, je respecterais son choix. Je terminerais notre bain, lui trouverais un endroit confortable et sortirais pour la protéger de mon mieux.

Mais je ne la nouerais pas.

À ce stade, elle ne le mériterait pas.

J'étais prêt à faire beaucoup pour cette femelle, mais c'était la limite que je me fixais. Ce serait trop douloureux de ne lui donner qu'une part de moi-même sans tout lui donner.

Peut-être cela faisait-il de moi une personne égoïste.

Ou un connard.

Ou le contraire d'un bon Alpha.

Mais ça me paraissait juste de réclamer cela, de lui faire voir à quel point nous pourrions être bien ensemble.

Sa louve voulait déjà clairement de moi.

Il fallait seulement que la femme m'accepte maintenant.

Elle eut un mouvement de recul et je lâchai son menton. Je sentis mon cœur se briser lorsqu'elle commença à s'éloigner.

J'avais probablement été un peu loin. Étant donné l'anxiété que suscitaient chez elle le processus de revendication et l'idée de voir un Alpha lui arracher son identité… Je ne pouvais pas lui en vouloir.

Pourtant, je lui avais montré qui j'étais depuis des mois. Si elle pensait encore que j'allais me montrer dominateur et l'obliger à porter mes enfants à la chaîne, je ne pouvais pas faire grand-chose de plus pour la faire changer d'avis.

— Tu as grandi près du Secteur Alberta, n'est-ce pas ? demandai-je alors qu'elle décollait son bassin de mon entrejambe.

— Je faisais partie d'un clan de la région de Vancouver, mais ils avaient des liens forts avec l'Alberta en effet.

Elle agrippa les bords de la baignoire et se leva, m'offrant une vue parfaite sur son petit cul rebondi.

Mon loup grogna en moi, car il avait envie de la marquer à cet endroit.

Non pas avec les mains, mais avec les *dents*.

Elle se retourna lentement, me donnant l'occasion de reluquer sa petite chatte humide d'Oméga. Je n'essayai même pas de cacher mon intérêt, le regard rivé sur ce magnifique paradis dont je ne ferais peut-être jamais l'expérience. Voyant qu'elle ne quittait pas immédiatement la baignoire, je détournai lentement mon attention de son ventre plat pour contempler ses jolis seins, levant les yeux vers son menton taillé en pointe, puis vers cette bouche que j'avais envie de baiser, jusqu'à ses charmants yeux bleus.

— Sais-tu comment les Alphas traient les Omégas dans le Secteur Alberta ? demanda-t-elle.

— Oui, je le sais.

Je n'y étais jamais allé et n'en ressentais pas le désir. Ils avaient cette tendance à former une meute autour de leurs compagnes Omégas, ce qui signifiait que plusieurs Alphas revendiquaient la même Oméga. Étant donné la libido débridée des Alphas, cela donnait une idée claire de la manière dont les Omégas étaient traitées là-bas.

Tous leurs Alphas ne pouvaient pas être mauvais, mais la tendance à partager qui existait dans ce secteur suggérait qu'ils ne formaient pas de liens profonds avec leurs compagnes.

Car la plupart des Alphas du X-Clan refusaient de partager.

Nous étions trop possessifs pour ne serait-ce que l'envisager.

— Alors peut-être que tu peux comprendre mes réticences, puisque j'avais été promise à une triade d'Alpha, souffla-t-elle tout bas.

J'arquai un sourcil.

— Promise ?

Elle se rassit. Je fus surpris de la voir se mettre à califourchon sur mes cuisses et poser ses mains sur mes épaules.

— Mon Alpha de père avait tout prévu. C'est pour ça que je suis partie, dit-elle en grimaçant. Ou plutôt que je me suis enfuie pour être précise. Il n'a pas vraiment approuvé ma décision de me fondre dans le monde des humains et de faire des études.

— Parce que c'était le genre d'Alpha qui croyait devoir contrôler ton identité, dis-je.

— Exactement, dit-elle en glissant un peu plus son sexe vers ma queue douloureuse. Mais tu n'es pas comme ça.

— C'est vrai, acquiesçai-je.

— Tu ne m'as jamais dit quoi faire. Ou du moins, pas sans avoir une bonne raison de le faire.

— Il faut parfois savoir obéir, lui dis-je.

— Mais soyons clairs, répondit-elle. Il y a des chances pour que ça arrive assez rarement.

Sa voix se faisait de plus en plus haletante, même si elle semblait déterminée à poser les bases de cette relation.

— J'espère bien, dis-je en passant la main derrière sa nuque pour l'attirer encore plus près de moi. J'étais sérieux tout à l'heure quand je parlais de mes préférences en matière de punitions. J'ai vraiment l'intention de te faire toutes ces choses.

— Tout en me laissant être moi-même ? demanda-t-elle, sa bouche tout contre la mienne.

— Je n'ai jamais voulu te changer, Riley, et je ne vais pas commencer maintenant.

Elle hocha lentement la tête et se passa la langue sur les lèvres.

— En fait, il y a un changement que je voudrais que tu fasses, dis-je après avoir réfléchi.

Elle se raidit.

— Lequel ?

— Tes inhibiteurs. Je ne veux plus que tu les prennes. Je veux que tu puisses être toi-même et que ta louve puisse être libre.

— Mais…

— Ça fait partie des choses sur lesquelles je ne négocierai pas, Riley. Il est hors de question que tu réprimes ton côté métamorphe. Ce n'est pas sain. Merde, ça aurait pu nous faire tuer aujourd'hui.

Elle eut un mouvement de recul.

— Personne ne va laisser une Oméga travailler en tant que docteur.

Je poussai un petit grognement.

— Il y a des tonnes d'Alphas qui ne broncheraient pas face à un tel choix de profession, dis-je en plissant le regard. Des Alphas comme Kieran, n'est-ce pas ?

C'était un loup du V-Clan qui possédait des capacités magiques de guérison. Il avait sûrement repéré son penchant pour les inhibiteurs, alors que moi je n'y avais absolument pas pensé jusqu'à maintenant.

Ses joues rougissantes me confirmèrent que j'étais sur la bonne voie.

Cette fois-ci, ce fut à moi de reculer.

— Est-ce qu'il t'a nouée ? Est-ce que tu t'es servie de lui pour traverser tes chaleurs ?

Cela pouvait être un problème.

Elle me regarda en fronçant les sourcils.

— Je t'ai dit que je n'avais jamais été nouée. De toute façon, je n'ai pas traversé un œstrus depuis plus de dix ans.

Oui, elle m'avait effectivement parlé de ça. J'avoue que le fait même de l'imaginer avec Kieran avait court-circuité ma capacité à penser clairement.

— Est-ce que tu aimerais qu'il te noue ?

Son froncement de sourcils s'intensifia.

— Non. Bien sûr que non.

— Tu en es sûre ?

Je pouvais voir la colère sur son visage.

— J'étais sur le point de te dire de me revendiquer, espèce d'idiot. Alors ouais, j'en suis putain de sûre. Mais maintenant, je n'en suis plus si sûre que ça, parce que de toute évidence, tu…

Je pressai mes lèvres contre les siennes pour l'empêcher de prononcer l'insulte quelconque qu'elle s'apprêtait à me lancer.

Elle avait prononcé les paroles que j'attendais. *J'étais sur le point de te dire de me revendiquer.* Le fait qu'elle ait rajouté « idiot » derrière n'avait aucune importance.

Rien d'autre ne comptait, puisque Riley venait de dire qu'elle me voulait.

C'était la seule chose que j'avais besoin de savoir.

Elle marmonna quelque chose contre mes lèvres, mais cela se transforma rapidement en un grognement au moment où je glissai ma langue dans sa bouche.

Ses bras élancés s'enroulèrent autour de moi, et elle plaqua ses seins contre ma poitrine.

Puis elle me donna tout ce que je désirais.

Sa langue était douce et aventureuse. Avec chaque coup de langue, elle faisait l'apprentissage de mes goûts et imitait mes mouvements comme dans une chorégraphie. Elle était pleine d'audace. Téméraire. *Parfaite.*

Je resserrai ma prise autour de sa nuque pour lui

montrer que j'appréciais son consentement. Puis je passai mon autre main derrière ses fesses et la pressai encore plus contre moi.

Elle ne marqua pas la moindre hésitation et sa petite chatte luisante vint embrasser ma queue, prête à l'accueillir.

Je me mis à ronronner de plaisir et l'embrassai avec encore plus de fougue. J'avais envie de la dévorer, de la revendiquer juste avec ma bouche.

Depuis combien de temps avais-je rêvé de ce moment ? Depuis combien de temps avais-je dû me masturber en pensant à cette femme magnifique et au jour où elle me permettrait de lui faire ça, ne serait-ce qu'une seule fois ?

Et maintenant, je pouvais espérer bien plus qu'une nuit avec elle.

Elle envisageait une vie avec moi.

Ça commençait avec cet œstrus et ça s'ouvrait sur une éternité. Elle était *mienne*.

Elle glissa encore un peu plus vers moi, visiblement en attente de plus que d'un baiser.

Cependant, j'avais passé trop de temps à fantasmer sur sa jolie bouche pour passer si rapidement à autre chose. Je mordillai sa lèvre inférieure pour la réprimander un peu d'avoir tenté de prendre le dessus, et je la maîtrisai de ma langue.

Chacun de mes mouvements s'apparentait à une lettre, s'articulant entre eux pour former des mots : *Tu es à moi.* Encore et encore.

Elle fondit littéralement contre moi et se soumit entièrement à mon loup. Elle se délectait de mon ronronnement de plus en plus puissant.

Ce n'était que pour elle. *Tout* était pour elle.

Tout comme son sexe humide était pour moi. Pour mon nœud. Pour ma queue. *À moi.*

Je la pris dans mes bras et me levai. J'en avais marre d'être dans l'eau et j'avais envie de quelque chose de plus approprié pour notre union. Ses bras passèrent immédiatement autour de mon cou et elle croisa les jambes autour de ma taille, ses chevilles venant se plaquer contre mes fesses.

J'avais trouvé des serviettes en fouillant la maison.

Plutôt que de nous sécher, je les attrapai en passant et les jetai sur le lit pour aider à éponger le carnage que nous étions sur le point de faire.

Riley voudrait probablement les récupérer pour son nid.

À supposer qu'elle soit en mesure de vivre son œstrus suffisamment à fond pour faire ressortir cet instinct.

Je la déposai doucement sur le lit, mes lèvres toujours collées aux siennes.

Elle fit glisser ses ongles le long de mon dos, et je sus que sa louve était en train de ressortir.

— Tu me revendiques déjà, dis-je d'un ton mutin tout en nous installant tous les deux dans une position confortable, joignant étroitement les parties inférieures de nos corps.

Riley poussa un grognement.

Ou plutôt, c'est son animal qui grogna.

Je permis alors au mien de lui répondre.

Elle se cambra contre moi en réaction, et je sentis tout son corps tendu sous le mien.

— Noue-moi.

— Pas encore, dis-je en mordillant le lobe de son oreille. Je veux d'abord te goûter.

— *Jonas !*

— Patience, Oméga. C'est mon travail de t'adorer et c'est exactement ce que je compte faire.

Son doux parfum me faisait presque suffoquer à

présent, m'indiquant clairement que ma compagne désignée approuvait ce plan. Ses tétons témoignaient également de cette approbation : les pointes tendues réclamaient presque ma langue tandis que je descendais directement vers sa magnifique poitrine.

De taille parfaite, ses seins tenaient dans ma main et se terminaient par deux petites perles durcies par le désir.

J'embrassai une de ces pointes sombres, puis léchai la deuxième, ce qui arracha à Riley un gémissement et la fit se tortiller sous mes caresses.

Ses chaleurs ne l'avaient pas encore submergée, mais je sentais que c'était imminent.

Ma langue pouvait presque le sentir.

Ses pupilles étaient dilatées et ses narines écartées. Elle respirait rapidement.

Bientôt, souffla mon loup. *Bientôt, elle sera mienne.*

Techniquement je n'avais pas besoin d'attendre plus longtemps, mais j'en avais envie. Il y avait quelque chose de magnifique à revendiquer une Oméga lorsqu'elle était au summum de l'excitation. Peut-être que cette notion me plaisait particulièrement parce que je savais que cela ne la ferait pas souffrir.

À n'importe quel autre moment, j'aurais déjà plongé mes dents dans sa peau délicate.

Mais la notion même de lui faire du mal me contrariait.

Je ne voulais absolument pas blesser Riley et je ne laisserais jamais personne d'autre lui faire du mal non plus.

Cela me servait de motivation pour continuer ma descente, car je voulais m'assurer qu'elle était prête à recevoir mon sexe.

Les Omégas étaient faites pour recevoir le nœud de leur Alpha, mais cela ne voulait pas forcément dire qu'elles n'en souffraient pas. Comme Riley n'avait jamais été nouée auparavant, je voulais m'assurer qu'elle allait apprécier le mien.

— Putain, tu es tellement excitée ! chuchotai-je en atteignant le triangle de boucles rousses entre ses cuisses. Et ton parfum est merveilleux.

J'allais me noyer dans ses sécrétions.

M'en enduire de la tête aux pieds et me délecter de l'odeur de son désir. M'assurer que le monde entier sache qu'elle m'avait revendiqué et que je lui appartenais.

— Tu te rappelles des punitions dont je t'ai parlé ? dis-je en me posant entre ses cuisses ouvertes.

Elle releva la tête et me regarda.

— Tu as dit qu'il n'y aurait pas de punition.

— Non, j'ai dit que je voulais te faire passer par toutes celles que j'avais à proposer, la corrigeai-je. Si on commençait par vérifier pendant combien de temps je peux te faire jouir ?

CHAPITRE 12

RILEY

Quelque part en Caroline du Nord

MON CORPS ÉTAIT EN *FEU*.

Et les paroles de Jonas… ses caresses… sa *bouche*…

— *Putain ! Baise-moi.*

— Oui, une fois que je t'aurais fait jouir, dit-il, ses lèvres tout contre mon clitoris. Tu es prête ?

Je n'avais pas la moindre idée de ce qu'il comptait réellement me faire, mais il était hors de question que je dise non.

— Oui.

— Gentille fille, me complimenta-t-il dans un souffle qui s'abattit sur mes replis intimes et m'envoya un frisson le long de la colonne vertébrale. Accroche-toi aux barreaux du lit ma belle. Je ne suis pas encore prêt pour que ta louve sorte les griffes.

J'avais envie de lui faire une réponse pleine d'esprit, de sortir une réplique intelligente, mais les mots avaient cessé d'exister dans mon cerveau. Son prénom était la seule chose qui me venait, encore et encore.

Il était en train de m'anéantir de la meilleure façon qui soit.

Et il n'avait même pas encore réellement commencé.

— Dépêche-toi, murmurai-je. Je veux pouvoir me souvenir de ce moment.

Je savais que lorsque mes chaleurs prendraient le dessus, j'oublierais tout. Je serais alors entièrement dominée par le rut. Dominée par *lui*.

En réalité, c'était déjà le cas. J'avais accepté de le laisser me revendiquer. C'était un risque, un énorme putain de risque.

Mais je sentais que c'était la chose à faire.

Et ma louve... ma louve voulait...

Mon dos se souleva du lit lorsqu'il plaqua sa bouche contre mon clitoris, sous l'action de sa langue qui me faisait voir des étoiles.

— *Putain, putain, putain !*

J'étais incapable d'articuler ce que je voulais dire. Incapable de me rappeler ce à quoi je pensais.

La seule chose qui importait était sa bouche.

Ses mains.

Sa *langue*.

Je remarquai à peine ses doigts à l'intérieur de moi, et je n'aurais pas su dire quand ils s'y étaient glissés. Mais lorsqu'il les replia comme il l'avait fait dans la baignoire, je ressentis le moindre de ses mouvements.

Il devait y avoir au moins deux de ses doigts en moi. Peut-être trois.

Il me prépare.

Pour son nœud.

Oh Lunes !

Oui.

Oui, c'est ça que je veux.

J'étais presque délirante : la pièce semblait tournoyer en spirales noires et blanches autour de moi.

Puis ce fut le noir. Puis la lumière. Puis le noir à nouveau.

La cime des arbres cachait la lueur de la lune, ce qui projetait des ombres partout dans la chambre. Ma louve pouvait y voir, mais la seule chose que j'avais envie de regarder, c'était Jonas.

Ses iris bleus rayonnants.

Il me fixe encore.

À la différence qu'une expression totalement différente habitait désormais son beau regard. Il semblait affamé, possessif, *dominant.*

Il aspirait mon petit bouton sensible, réclamant ainsi toute mon attention tandis qu'il m'attirait dans un brouillard d'extase qui me coupa le souffle et me laissa haletante.

Je ne pouvais pas dire si j'étais en train de jouir, de m'envoler ou de mourir.

Probablement un mélange de tout ça.

Je vivais tellement de sensations à la fois.

Mes membres étaient tendus. Mes entrailles avaient fondu : ils se tordaient, tournoyaient et *jouissaient.*

— *Jonas.*

C'était presque douloureux.

Je n'arrivais plus à reprendre mon souffle.

J'étais en train de... de me noyer.

Puis il me ramenait soudain dans le monde des vivants en me mordillant. *Le clitoris.*

— Qu'est-ce que tu me fais ? demandai-je d'une voix rauque.

Est-ce que j'ai crié ?

— Je te punis, murmura-t-il contre mon sexe. Et je profite de chaque putain d'instant.

Il ponctua cette affirmation d'un nouveau coup de dents qui produisit une explosion d'étoiles devant mes yeux.

Je n'avais pas ressenti ça depuis... Je n'avais peut-être jamais rien ressenti de semblable.

Mes chaleurs rendaient clairement ce moment encore plus intense. Il suffisait qu'il effleure mon clitoris pour m'envoyer au septième ciel.

Seconde après seconde.

Il me fait jouir en boucle, pensai-je en me rappelant vaguement que cela faisait partie de ses menaces.

Merde, si c'était sa vision d'une punition, j'allais lui désobéir tous les jours.

Il fit tourner ses doigts, m'entraînant dans un nouvel orgasme. Ou peut-être était-ce le prolongement de tous ceux qui s'étaient enchaînés depuis tout à l'heure.

L'orgasme me fendit et me traversa.

Il contracta mon bas-ventre.

Extirpa de mes veines la moindre particule de plaisir.

Uniquement pour que mon corps me plonge de nouveau dans un vortex de spasmes, de plaisir et de passion, me permettant ainsi d'en recevoir encore plus.

Fut un temps où j'avais détesté cette sensation.

J'avais détesté la manière dont mon corps désirait tout cela.

Mais Jonas était en train de me montrer à quel point ça pouvait être délicieux.

Et il ne m'avait même pas encore nouée.

Seigneur ! Rien que d'y penser, mon estomac se contractait de désir. Je voulais le sentir en moi. Je voulais qu'il me saute. Qu'il me prenne. Qu'il aille et vienne en moi et me revendique de toutes les manières possibles.

— S'il te plaît, murmurai-je en soulevant mon bassin vers sa bouche. Jonas, *s'il te plaît.*

J'avais besoin de sa queue. J'avais... j'avais besoin de le sentir se désintégrer. Je voulais vivre cette sensation de ne faire plus qu'un avec un Alpha.

Pas celle de procréer.

Pas celle de me créer un véritable nid.

Non, juste être avec lui. Le *sentir*.

Les Bêtas que j'avais fréquentés n'avaient jamais réellement réussi à me satisfaire pleinement. Ce n'était pas leur faute. C'était une question de biologie.

Alors que Jonas avait la capacité de m'emporter vers des sommets inconnus. D'ailleurs, il l'avait déjà fait. Et il n'avait encore utilisé que sa langue et sa bouche.

Je poussai un cri lorsqu'il mordilla à nouveau mon clitoris, m'envoyant tourbillonner une fois encore dans l'obscurité, dans un état de pure euphorie qui me priva de ma capacité de réflexion.

Mes poumons me hurlaient de continuer à respirer.

Mais c'était impossible.

L'air dont j'avais besoin n'existait pas ici.

Jonas.

Le monde était plongé dans les ténèbres.

Jonas.

Le monde avait besoin de *lumière.*

Jonas.

Labourant les profondeurs de mon plaisir, j'essayai de nager pour remonter, pour trouver la surface de cette euphorie suffocante.

Jonas.

Tout avait pris feu en moi. Mes veines. Mon ventre. Mes mains. Mes jambes. Mes seins. *Mon sexe.*

Mes chaleurs étaient en train de me dévorer vivante.

Une chose énorme s'installa sur moi, gigantesque comparée à moi : je me sentais minuscule, piégée.

Non, pas piégée.

Protégée.

Des lèvres frôlèrent les miennes.

Une langue.

De l'air.

Jonas me souffla dans la bouche pour me forcer à inspirer.

Ce n'était que masculinité boisée et pure excitation.

Mon Alpha.

J'enfonçai les ongles dans ses épaules, ma louve s'étant libérée dans son envie de le revendiquer.

Au moment même où il s'enfonça en moi.

Brusquement. Entièrement. Jusqu'au fond.

Mes lèvres s'écartèrent pour laisser échapper un cri silencieux, car il aurait fallu plus d'air à mes poumons pour satisfaire mon besoin de gémir, de geindre, de crier ou de hurler.

Mais Jonas était là.

Il respirait pour moi.

En me revendiquant avec sa langue et son sexe, il rafraîchissait mon esprit, lui insufflait une nouvelle vie.

Son rythme brutal satisfaisait ma bête intérieure, dont je pouvais entendre les grognements résonner au plus profond de moi. Je soulevai les hanches pour aller à sa rencontre, mes jambes s'étant enroulées autour de sa taille sans que je m'en rende compte.

— *Encore !*

Le mot s'échappa de ma bouche, mais il ne venait pas de moi. Il venait directement de ma louve. C'était comme si je traduisais son besoin. J'avais du mal à comprendre ce qui se passait.

Jonas grogna en réponse, sa propre bête ayant manifestement pris le dessus.

Le rut.

Il était en train de donner la permission à son loup de me revendiquer.

Il n'y avait plus rien que je puisse faire pour y échapper. Cela dit, je n'en avais aucune envie, car ma louve avait déjà décidé de tout donner à ce mâle.

Elle m'encouragea à lui présenter ma gorge.

Cependant, Jonas se contenta de passer sa paume derrière ma nuque et se servit de son pouce pour ramener ma bouche à la sienne.

Il voulait m'embrasser. Me baiser. Me posséder de fond en comble. *Ensuite*, il me mordrait.

Je pouvais sentir son intention dans chaque coup de reins, chaque tendre passage de sa langue, et dans la manière intense dont il tenait à la fois ma nuque et ma hanche.

J'étais à lui.

Complètement possédée.

Pourtant, ça n'était pas comme que je l'avais craint.

Il ne me faisait aucun mal. Il n'était pas en train de *prendre*, mais de donner. Exactement comme il me l'avait promis.

Il martelait cette réalité chaque fois qu'il faisait pivoter son bassin, dans un mouvement qui effleurait mon clitoris et provoquait d'incroyables secousses dans mon corps tout entier, comme une nouvelle série d'orgasmes.

Ce mâle savait se servir de mon corps avec le talent d'un Alpha qui était fait pour me posséder.

Je n'avais aucune envie de l'arrêter.

— Revendique-moi, susurrai-je contre ses lèvres. Revendique-moi, Jonas.

— Je te revendique, Riley, répondit-il. Chaque parcelle de ton être, putain.

Il s'enfonça si profondément en moi que je poussai un cri strident, puis il m'embrassa à nouveau, faisant disparaître toute idée de douleur sous la caresse merveilleuse de sa langue.

J'avais l'impression d'être sous l'emprise de la drogue.

J'étais complètement abandonnée à sa sauvagerie et écrasée par l'adoration contenue dans ses baisers, par la possessivité de ses mains.

— Jonas.

Je m'agrippai à nouveau à ses épaules après avoir laissé errer mes mains le long de son dos, jusqu'à ses fesses fermes. J'avais besoin qu'il me tienne, qu'il m'aide à traverser cette prochaine étape.

J'étais à la fois excitée et terrifiée.

Je sentais son nœud palpiter. Je le sentais entre mes jambes, prêt à exploser, à plonger au plus profond de moi et à s'y agripper.

Je savais que ce serait une sensation extraordinaire.

Je savais que j'allais vivre l'orgasme le plus intense de ma vie.

Mais il y avait tant d'inconnues dans l'équation.

Je pourrais tomber enceinte. Je pourrais être forcée à nidifier. Je pourrais être revendiquée, appartenir à quelqu'un et ne plus avoir droit à ma liberté pour le restant de mes jours.

— Chut, murmura Jonas en posant ses lèvres sur les miennes. Je suis là, ma belle. Je serai toujours là.

Il ne ronronnait plus et pourtant, ces paroles ressemblaient à une caresse apaisante pour tous mes sens.

Je m'abandonnai à sa voix, à ses paroles, et le laissai m'envelopper dans un monde de protection et de grâce.

Je levai le regard vers ses magnifiques yeux et lui donnai le contrôle.

Je me *soumis*.

Je vis une lueur d'orgueil dans son regard lorsqu'il déposa un très léger baiser sur ma bouche.

— Tu es parfaite, Riley, dit-il. Tu es parfaite et tu es à moi.

Je ressentis une explosion de douleur dans mon ventre au moment où son nœud jaillit en moi. Le cri qui me monta dans la gorge fut étouffé par la paume de sa main qui vint se poser sur ma bouche, juste au bon moment.

Je frissonnai, son orgasme soudain et la cruauté de sa paume me provoquant un choc qui m'arracha brusquement à ma propre stupeur fébrile et me fit immédiatement monter les larmes aux yeux.

Mais soudain, le monde sembla basculer.

Son nœud fit quelque chose... *Il s'attache, s'installe. Il nous unit.*

Oh... Je me mis à convulser tandis que des vagues de plaisir venaient submerger chaque centimètre carré de mon être, m'envoyant encore une fois au paradis.

L'abandon.

La chaleur.

La folie.

Jonas ronronna son approbation tout contre mon oreille, effleurant doucement mon lobe de ses lèvres avant de descendre vers mon cou et mon épaule.

— Reste avec moi, Riley, murmura-t-il. Sois à moi.

— Je suis à toi, répondis-je, sursautant lorsqu'il plongea ses dents dans ma peau.

Il me revendique.

Pendant que son nœud palpite en moi.

Il nous fait fusionner.

Nous unit pour la vie.

Un courant euphorique me traversa tout le corps, ma louve se réjouissant de cette déclaration.

Mon cœur battait la chamade.

Mes lèvres s'écartèrent dans un souffle au moment où Jonas relâcha sa morsure.

La seule chose qui sortit de ma bouche fut un soupir de contentement.

Suivi d'un mot :

— Encore.

Parce que le plaisir de son nœud était déjà en train de décroître. Alors que mes chaleurs… mes chaleurs, elles, avaient commencé. J'étais écrasée par leur poids. Elles m'envoyaient tourbillonner dans un océan de *besoin*.

— *Encore*, grognai-je en me frottant contre lui.

Jonas grogna à son tour.

— Patience, Oméga.

Ma louve geignit face à son ton autoritaire.

— Je vais te donner ce dont tu as besoin, dit-il, mais il faudra te montrer patiente.

Mon animal n'aimait pas du tout ce plan. Elle réagit en plantant mes ongles dans ses épaules et en lui griffant violemment le dos.

Jonas se saisit de mes poignets et les tira au-dessus de ma tête.

— Le bondage aussi c'est amusant. C'est peut-être ça que nous allons explorer maintenant.

Sa voix était douce, suave et *sombre*.

J'émis un grondement.

Il me répondit en grondant lui aussi.

Il était bien plus effrayant que le mien. Plus puissant. Plus *Alpha*.

— Nous allons travailler sur ta patience, petite louve, dit-il, parfaitement conscient que mon animal avait maintenant pris le dessus. Mais je voudrais que tu redeviennes humaine pour un petit moment.

Ma louve s'indigna de cette demande.

Il grogna avec une intensité redoublée.

Cela me fit frémir, puis je poussai un petit cri en sentant son nœud s'agiter dans mon bas ventre.

—Jonas, murmurai-je, tremblante.

— Voilà ma compagne, chuchota-t-il en déposant un baiser sur mes lèvres. Tu te dissocies un peu de ta louve.

—Je… je ne peux pas…

— Ce n'est pas grave, dit-il. Je peux gérer ton animal errant. J'ai juste besoin de m'assurer que tu vas bien.

—Je suis… je me sens… je suis un peu bouleversée.

— Je sais, dit-il en augmentant le volume de son ronronnement, mais je vais m'occuper de toi, d'accord ?

Je déglutis et mon menton s'abaissa, comme s'il m'avait obligé à acquiescer. Ou peut-être s'agissait-il de ma foi intrinsèque en lui et en sa bienveillance.

Il me protégeait depuis des mois.

— Tu es ma compagne.

Il prononça ses mots à quelques millimètres de ma bouche.

— Ce qui signifie que je vais être à tes côtés pour m'occuper de toi pendant toute la durée de ton œstrus. Après ça, je vais te chérir jusqu'à la fin de nos vies.

Je ressentis une douce chaleur m'envahir à ces mots. Je ne savais pas exactement ce qu'ils signifiaient pour le moment, mais je lui faisais confiance. Je faisais confiance à ce qui était en train de se passer.

— D'accord, dis-je. Je sais que tu ne me feras pas de mal.

— Non, au contraire, je vais faire en sorte que tu te sentes vivante, promit-il. Tu vas sentir mon nœud pendant des semaines.

Mes cuisses se resserrèrent autour de lui et il grogna.

— Oui, exactement comme ça, ma belle, murmura-t-il.

Il remonta les hanches juste suffisamment pour m'arracher un gémissement.

— Je ne vais pas te priver, parce que ta louve en veut *plus*.

— Oui, dis-je en me collant contre lui, les poignets toujours retenus au-dessus de moi. Elle veut que tu la sautes.

— Alors je vais lui donner ma bête, dit-il en mordillant ma lèvre. Parce que je prends mon rôle de compagnon très au sérieux.

— Tu en parles comme d'un devoir, dis-je dans un souffle, mais mon rire se coinça dans ma gorge au moment où il s'approcha encore.

— Ça va être un défi, répliqua-t-il, mais j'aime les défis, Riley.

Il déposa un baiser sur ma tempe avant de murmurer :

— Tu es mon défi préféré.

— Je suis un défi ?

— *Mon* défi, corrigea-t-il. Le plus important auquel j'aie jamais fait face. Et ça me paraît normal que tu t'apprêtes à me défier de nouveau.

Un frisson agita ma peau, et mon estomac se contracta sous l'effet d'une nouvelle vague de désir et d'excitation.

Le monde disparut derrière un rideau noir.

Je ne voyais plus rien.

Je n'entendais plus rien.

Et je me retrouvai plongée dans un néant insensé.

Mon œstrus commence, réalisai-je.

CHAPITRE 13
RILEY

Quelque part en Caroline du Nord

Je clignai des yeux. Le monde semblait disparaître pour réapparaître un peu plus tard.

Jonas était là, en rut à l'intérieur de moi.

Sa bouche murmurait des promesses torrides à mon oreille.

Ses mains sur mes seins, sur mes hanches, sur mon visage.

Je l'embrassais.

Je le mordais.

Puis je retombais dans un nuage de confusion.

Son grognement me ramenait à la conscience.

Encore.

Et encore.

Et encore.

C'était un cycle où s'enchaînaient sensations, chaleur, et perte de conscience. Ou plus exactement, un cycle de défaites face à ma louve. Elle en avait besoin. Et pour me punir de mes actions passées, elle me tenait à l'écart des bons moments.

La dissociation. C'est exactement ce dont avait parlé Jonas.

Mais j'arrivais tout de même à ressentir clairement quelques éléments. Comme l'affection de Jonas, son ronronnement, ses baisers, ses paroles tendres.

Je le sentis me faire pivoter pour me mettre à quatre pattes et sa queue se glisser en moi par derrière.

Son nœud qui palpitait en moi.

Ses lèvres sur ma nuque et ses baisers sur la marque de sa revendication.

De l'eau que l'on faisait couler dans ma gorge.

Son *sperme*.

Je me réveillai pour découvrir qu'il était profondément logé dans ma bouche, tandis que ma gorge s'activait pour le gober autant que possible. Il grogna.

Il avait un goût merveilleux. Comme s'il était mon nouveau plat préféré.

— Putain, Riley ! J'adore la manière dont tu me regardes, là tout de suite.

Il s'enfonça si loin en moi que j'eus peur qu'il me noue la gorge.

Mais il ne le fit pas.

Il appuya sur la base de son membre et libéra encore plus de sperme dans ma bouche.

J'avalai tout avec gourmandise.

Puis il fut de nouveau en moi.

Par derrière.

Par devant.

Tout était un peu confus. Mon œstrus brouillait mes pensées et m'empêchait de me concentrer sur quoi que ce soit.

Puis tout lentement, le monde se remit à prendre sens.

Après des heures, des jours, voire même des semaines à me faire sauter par Jonas jusqu'à en perdre conscience.

Je me rappelais vaguement les moments où il m'avait forcée à manger, des protestations de mon animal, et des stratégies qu'il mettait en place pour dompter ma louve intérieure à coup de quelques grognements bien placés.

Ça ressemblait à une sorte d'obscur délire fiévreux.

Un délire qui, alors que je fixais les arbres à travers la fenêtre, semblait me libérer peu à peu de son emprise. Les rayons du soleil parvenaient jusqu'à moi. Un courant d'air venait me caresser le visage.

Je levai les yeux au plafond pour y découvrir un ventilateur qui tournait.

Et aucune trace de Jonas.

Je fronçai les sourcils et tentai de me redresser, mais je retombai immédiatement sur le dos au moment où un spasme me saisit. *Aïe.* Il ne plaisantait pas quand il avait dit que je sentirais son nœud pendant des semaines. Ce maudit Alpha m'avait meurtrie de fond en comble.

— Riley ?

Sa voix le précéda au moment où il entra dans la chambre avec un plateau.

Je le fixai en clignant des yeux.

Il m'adressa un sourire.

— Tu es réveillée.

Je tentai de m'étirer et grimaçai.

— Oui, dis-je d'une voix éraillée.

Ma gorge me faisait mal, ça devait faire longtemps que je n'avais pas parlé.

— Tiens, bois ça, dit-il en me tendant une bouteille d'eau.

Je ne discutai pas, j'obéis rapidement. Cela me demanda de bouger un peu, mais chaque gorgée semblait rafraîchir et soulager ma gorge.

Il me donna ensuite une assiette de fruits, que j'observai avec surprise.

— Il y a un jardin à côté. Personne n'a rien récolté depuis un moment, dit-il en haussant les épaules. J'ai senti que tes chaleurs commençaient à s'estomper, alors je suis sorti ce matin pour aller ramasser quelques fruits rouges. J'ai aussi cueilli quelques pêches dans l'arbre d'à côté.

Je pris une des fraises dans ma bouche et poussai un gémissement sous l'effet de sa saveur sucrée.

— Oh, c'est délicieux !

Je vis le coin de ses lèvres se relever, clairement en réaction à un souvenir tapi dans ses yeux.

Je ne posai pas de questions, car je me doutais que j'avais dû dire exactement la même chose à propos de son sperme.

Il s'installa à côté de moi et m'aida à me mettre assise pour que je puisse manger plus facilement. Il fit tout cela sans un mot. Il passa simplement le bout de ses doigts sur mes bleus, le regard scrutateur. Lorsqu'il atteignit la marque de revendication sur mon épaule, je grimaçai.

Il sembla contrarié par ma réaction, mais il ne dit rien. Il me laissa terminer de manger, et j'en fus reconnaissante, car j'avais littéralement une faim de loup.

Je vidai encore deux bouteilles d'eau avant de commencer à me sentir un peu mieux. Cela dit, j'avais encore mal partout.

Il prit l'assiette vide et les bouteilles à côté de moi, puis les déposa sur la table de nuit.

Un nouveau moment de silence s'écoula entre nous.

Finalement, il tourna de nouveau les yeux vers moi.

— Comment tu te sens ?

Je portai la main à la morsure.

— Je me sens…

Confuse ? Bouleversée ? En souffrance ? Je n'arrivais pas vraiment à trouver le bon terme.

Ma réaction sembla l'énerver un peu, car il ferma les yeux un moment.

— Tu m'as donné la permission, Riley. Tu m'as demandé de te revendiquer.

Je fronçai les sourcils.

— Ouais, je m'en souviens.

— Et tu le regrettes maintenant ? demanda-t-il avec insistance.

— Tu penses que j'ai des regrets ? dis-je en écarquillant les yeux.

— Ce n'est pas le cas ?

— Non, répondis-je immédiatement. J'ai seulement besoin de... me remettre un peu les idées en place.

Voilà, j'avais trouvé une bonne manière de décrire mon état actuel.

Il serra la mâchoire.

— Je sens le doute en toi.

— Si tu sens quelque chose qui ressemble à du doute, ce n'est pas parce que je remets en question ta revendication. J'ai juste du mal à me souvenir de tout ce qui s'est passé après ça.

Je tendis la main vers lui en réalisant que c'était moi qui inspirais ce sentiment d'incertitude chez lui à cause de mon comportement envers lui ces derniers mois.

Son regard croisa le mien et la férocité que j'y lus me coupa le souffle.

— Je n'ai aucun regret pour ma part, affirma-t-il.

— Tant mieux, répondis-je, parce que moi non plus.

— Tant mieux.

Je soulevai un sourcil.

Il m'imita en miroir.

— Tu vas finir par m'embrasser où il faut que je te supplie ? demandai-je

Il pouffa de rire et secoua la tête.

— Je pense que j'ai envie de t'entendre supplier.

— Va te faire foutre !

— Ce n'est pas un très bon début, Riley, me sermonna-t-il avec un grand sourire. Ce que tu voulais dire, c'est : *Jonas, s'il te plaît, baise-moi.*

— Peut-être que je vais te dire de ne plus jamais me baiser.

— Alors je vais être obligé de grogner jusqu'à ce que tu changes d'avis, répondit-il.

Je plissai les yeux.

— C'est de la triche.

— Non, c'est de la *biologie*, docteure.

Une petite part de moi s'indigna, mais je fus surtout submergée par l'envie d'éclater de rire. Il savait jouer avec les mots.

Et puis, il n'avait pas tort.

C'était en effet biologique.

Le grognement d'un Alpha préparait instantanément une Oméga pour la relation sexuelle.

Cela dit, cet Alpha-là n'avait pas besoin de grogner pour m'exciter. J'étais déjà trempée.

Parce que j'avais très envie de lui, j'avais très envie de son nœud et de son ronronnement. J'avais très envie de Jonas.

— S'il te plaît, baise-moi, Alpha, dis-je d'une petite voix. Mais en douceur, j'ai mal partout.

Son regard se remplit immédiatement d'affection, et son expression s'adoucit alors qu'il tendait la main vers moi.

— Tu veux que j'embrasse tes bobos pour commencer ?

— Oui, s'il te plaît.

— Je vais commencer par celui-là, dit-il en posant ses lèvres contre mon épaule.

Ma peau fourmilla en réaction à son baiser et à ce que cela signifiait d'être embrassée à cet endroit précis.

Il me revendiquait de nouveau.

Mais tout en douceur.

—Je vais embrasser chaque centimètre carré de ton corps, dit-il en faisant traîner sa langue jusqu'à mon oreille. Ensuite, je te redonnerai un bain pour aider à calmer tes douleurs.

Je supposai qu'il parlait d'un bain comme celui que nous avions pris ensemble... je n'aurais su dire quand.

Mais je compris ensuite qu'il parlait d'un autre bain que j'avais pris aujourd'hui, car je pouvais sentir qu'il m'avait récemment lavée.

Je m'étais réveillée propre, sans aucun fluide sur le corps.

Et j'étais dans un lit et non dans un nid.

Je posai la main contre sa poitrine en regardant autour de moi, sans comprendre.

— Qu'y a-t-il ? demanda-t-il.

—Je... je n'ai pas nidifié.

— Nous n'avons pas procréé, dit-il. Tu n'es pas enceinte.

Mes sourcils se froncèrent.

— Mais j'étais en chaleur.

— Ça fait dix ans que tu prends des inhibiteurs, murmura-t-il. Je suppose que ça a pu avoir un impact. Ou peut-être est-ce le destin.

Je regardai son visage.

— Tu n'es pas fâché ?

— Bien sûr que non, dit-il en posant la main sur ma joue. Tu as encore un monde à essayer de sauver, Riley. Les louveteaux, ça peut attendre. On peut même décider de ne pas en avoir du tout.

Je ne pus m'empêcher de le fixer bouche bée pendant plusieurs secondes.

— Tu… tu serais vraiment d'accord pour ne pas avoir de petits ?

Il l'avait plus ou moins évoqué auparavant, mais l'entendre le redire maintenant, *après* notre union, le rendait encore plus réel.

— Si tu n'en veux pas, je serai d'accord, Riley. J'étais sérieux quand je t'ai dit que je refusais de m'opposer à tes choix.

— Mais il faudra que tu prennes quelque chose pendant mes cycles, et…

Il existait des médicaments que pouvaient prendre les Alphas pour les rendre infertiles pendant les chaleurs d'une Oméga. Beaucoup d'entre eux les prenaient après un certain temps, quand ils en avaient assez d'élever des enfants. C'était une forme de contraception masculine.

Jonas haussa les épaules.

— Si ça veut dire que tu n'auras plus à prendre des inhibiteurs, et que nous vivrons tes chaleurs ensemble, ça me va.

J'étais abasourdie par ses réponses.

Je n'arrivai qu'à le fixer alors que jusque-là, c'était plutôt lui qui avait l'habitude de me fixer.

J'avais du mal à croire qu'il existait réellement un mâle comme lui.

Et non seulement il existait, mais il était à moi.

— Je pense que je t'aime, Jonas.

Il sourit.

— C'est une bonne chose parce que je pense que je t'aime aussi, docteure.

Je jetai mes bras autour de son cou et le plaquai sur le lit.

— Tu vas me nouer, *maintenant*.

—Je pense que tu as encore oublié le mot magique…

Je l'embrassai.

Parce que l'heure n'était plus aux discussions.

Du moins plus pour le moment.

J'allais recommencer à l'embêter plus tard.

Surtout que ça donnait manifestement lieu à des orgasmes punitifs.

Mais pour le moment, je voulais tout simplement être avec lui. L'embrasser, lui faire l'amour, l'aimer de toutes les merveilleuses manières dont il avait promis de m'aimer.

Exister.

Prendre avec lui ce nouveau chemin.

Avec mon Jonas.

Mon compagnon.

CHAPITRE 14
JONAS

Quelque part en Caroline du Nord

RILEY et moi passâmes encore deux jours au lit.

Ce n'était probablement pas la décision la plus raisonnable, mais j'avais besoin qu'elle soit complètement remise et en forme pour notre voyage. Cela signifiait des parties de jambes en l'air plus douces, des bains et beaucoup de nourriture.

Heureusement, elle adorait les fruits.

Et elle ne rechignait pas à manger des légumes non plus.

J'avais été chasser de la viande sous forme de loup. Elle n'avait pas été particulièrement excitée par le cerf que j'avais ramené à la maison, mais elle l'avait tout de même mangé. Elle avait besoin de protéines.

La teinte désormais rosée de ses joues m'indiquait que j'avais pris la bonne décision.

Nous nous étions tous les deux réveillés avec le soleil, dont la lumière diffuse perçait à travers les fins rideaux.

— Tu te sens prête pour courir un peu aujourd'hui ? demandai-je tout en lui caressant la nuque.

Elle hocha la tête.

— Je ne serais pas contre l'idée de courir un peu.

— Pendant huit à neuf heures ? insistai-je.

Elle se tourna vers moi avec un regard interrogateur.

— Pour aller vers Fort Bragg ?

— Oui, pour aller vers Fort Bragg, répondis-je.

Ses lèvres se soulevèrent en un sourire.

— D'accord.

— Il nous faudra trouver un autre endroit pour nous faire une tanière. Ça va nous prendre plusieurs jours pour arriver à destination, prévins-je.

— Je m'en doute. Tu m'as déjà dit que nous étions à plus de trois cent vingt kilomètres de Fort Bragg.

Elle bâilla et s'étira, ce qui fit descendre le drap qui la couvrait et révéla ses jolis seins.

Je me penchai pour prendre un de ses tétons dans ma bouche.

Parce que je pouvais me le permettre.

Et parce que j'en avais envie.

Riley passa ses doigts dans mes cheveux, retenant ma tête contre elle pour m'encourager à *sucer*.

Ma parfaite Oméga, pensai-je en me plaçant au-dessus d'elle pour m'installer entre ses cuisses écartées. *Ma compagne idéale.* Je me glissai en elle dans un mouvement lent et contrôlé pour savourer les sensations qu'elle me donnait.

— Tu es magnifique, murmurai-je, les lèvres contre son cou. Tu es tellement… c'est si bon d'être en toi, Riley. Tellement bon, putain!

Elle souleva son bassin pour se plaquer contre moi, dans un geste tout aussi lent et paresseux que le mien.

— Embrasse-moi, Alpha.

— Tes désirs sont des ordres, Oméga.

Je me mis à mordiller son oreille, puis fis traîner mon nez le long de sa joue avant de plaquer ma bouche contre la sienne.

Ses doigts étaient encore dans mes cheveux, mais son autre main se glissa vers mon épaule, et elle enfonça dans ma peau ses ongles pointus.

Quelle fougue ! songeai-je. J'adorais ses petites griffes.

Je n'accélérai pourtant pas le rythme.

Je continuai mes allers-retours lents et profonds. J'aimais sortir presque entièrement avant de replonger en elle. Elle se contracta autour de moi, ses parois intérieures réclamant que je la noue.

Mais j'avais envie de la faire attendre.

Je voulais prolonger ce moment.

Qu'elle finisse par haleter de désir.

Elle était tellement réactive à mes caresses. Son petit corps ferme était clairement fait pour accueillir mes coups de reins, mon gabarit, ma *queue*.

Je ne pensais pas un jour prendre une compagne.

Maintenant, je ne pouvais pas envisager ma vie sans elle.

Ma Riley. Mon Oméga. Ma femelle.

Je l'embrassai avec toute l'émotion dont j'étais capable, car je voulais qu'elle comprenne le dévouement et la gratitude que je ressentais vis-à-vis de notre union.

J'avais eu peur qu'en sortant de ses chaleurs, elle me rejette. Cependant, ça n'avait pas été le cas. Elle m'avait accepté sans un regard en arrière. Sa seule préoccupation avait été de comprendre ce qui s'était passé. J'avais ressenti du doute chez elle, mais pas celui que je craignais.

Je n'avais cessé de la remercier avec ma bouche, mes mains et mon corps depuis.

Elle passa ses jambes autour de moi, faisant onduler

contre moi son adorable petite chatte, tel un baiser sensuel de béatitude. C'était à la fois une invitation et une provocation de sa part. Elle voulait que la baise encore plus fort tout en me mettant au défi de ne pas le faire.

— Diablesse, murmurai-je contre ses lèvres.

Elle sourit.

— Baise-moi, Alpha.

— Je suis en train de le faire.

— Plus fort.

— Non, dis-je en mordillant sa lèvre inférieure.

Je ralentis même encore le rythme.

Elle grogna.

Cela provoqua un grognement en réponse chez moi, un de ceux qui la faisaient frémir contre moi.

— Moi aussi je peux jouer à ce petit jeu, Oméga.

Seul mon grognement était capable d'accentuer son excitation et son désir pour moi.

— C'est pas juste, haleta-t-elle en se collant contre moi de nouveau. *Jonas.*

J'embrassai longuement son visage en remontant vers son oreille.

— Patience, *ástin mín.*

Elle frissonna.

— *ástin mín.*

Elle semblait se délecter de ce terme affectueux, ou peut-être le répétait-elle pour s'assurer qu'elle m'avait bien entendue.

— Mon amour.

Je murmurai la traduction pour elle tout en me glissant aussi profond que possible en elle.

— C'est de l'islandais ?

— Mmmh mmh, soufflai-je pour le lui confirmer.

— C'est beau, admit-elle dans un gémissement. *Encore.*

— Tu es magnifique, lui dis-je en islandais. Et tu

m'appartiens entièrement. Tu n'es qu'à moi. Parce que je refuse de partager celle que j'aime. Mon loup a choisi ta louve. Mon nœud t'appartient. Il est tout à toi.

Elle se contracta autour de moi, comme si ces paroles islandaises faisaient vibrer tout son corps. Elle ne les comprenait pas, mais elle entendait certainement la profonde sensualité qui accompagnait chaque affirmation.

— Ça te plaît quand je te parle dans ma langue natale ? demandai-je tout en continuant à la baiser lentement.

— Oui, souffla-t-elle en replantant ses griffes dans mon dos. Ta voix me rappelle ton ronronnement.

Je laissai échapper un grognement d'approbation et souris en voyant son corps réagir par un frisson de plaisir.

— Tu préfères ça ou mon ronronnement ?

— Les deux. J'aime tout. Absolument *tout*.

Elle fit glisser ses ongles le long de mon dos, tandis que son autre main empoignait mes cheveux.

— *S'il te plaît*, Jonas, noue-moi. Je… j'en ai besoin.

Je déposai un baiser sur son cou et je sentis son pouls vibrer sous ma langue. Je remontai ensuite jusqu'à sa bouche.

Elle poussa un faible gémissement de protestation.

Mais celui-ci s'amplifia et je finis par lui donner ce qu'elle réclamait en agitant mes hanches contre elle afin de m'assurer qu'elle ressente chaque petit mouvement.

— Caresse-toi, lui ordonnai-je. Je veux que tu touches ce petit bourgeon gonflé jusqu'à ce que tu jouisses sur ma queue.

— Oui, cria-t-elle, tout en faisant glisser sa main de mon dos jusqu'à mes côtes, puis entre nous deux.

Son corps sursauta à son propre touché, accélérant automatiquement le rythme et l'intensité de mes coups de reins.

Elle se mit à prononcer mon nom et ses cuisses se contractèrent autour de moi.

La position que nous avions avait quelque chose de particulièrement intime, car je pouvais voir toutes les émotions qui passaient sur son joli visage.

Toute son impatiente excitation et ses attentes presque douloureuses.

— Fais-toi jouir, exigeai-je à nouveau. Ensuite, je te maintiendrai dans cet état avec mon nœud.

Elle planta ses dents dans ma lèvre inférieure, et une goutte de sang perla tandis que je la sentais se désintégrer en dessous de moi.

C'était douloureux, mais de la meilleure façon qui soit. Je me sentais entraîné vers un tourbillon de néant avec elle.

Parce que mon Oméga venait de me *marquer*. Non seulement avec ses griffes, mais avec ses dents.

— *Putain*, Riley, grognai-je.

Je baissais la tête jusqu'à son cou, puis descendis jusqu'à la petite cicatrice en forme de croissant qui était en train de se former sur son épaule. Je ne la mordis pas de nouveau. Je me contentai d'embrasser la plaie que je lui avais infligée au cours de ma revendication et de voguer avec elle sur les vagues du plaisir.

Elle s'agrippa à moi tandis que je l'enveloppais dans toute ma protection et ma chaleur, que je lui promettais d'être toujours là pour elle : de veiller sur elle et de faire en sorte qu'elle sache toujours ce que cela signifiait de m'appartenir.

Notre histoire n'avait peut-être pas commencé sous les meilleurs auspices, mais nous sortirions grandis de cette expérience et n'en serions que de meilleures versions de nous-mêmes.

Elle laissa échapper un petit cri de satisfaction qui raviva brusquement mon ronronnement. Le soupir qu'il provoqua chez elle me fit comprendre que c'était exactement ce qu'elle voulait elle : le son l'apaisait alors même qu'elle continuait de convulser autour de ma queue.

La combinaison parfaite.

Nous étions destinés à aller tellement loin ensemble.

J'embrassai de nouveau ma marque avant de remonter mes lèvres jusqu'à son oreille.

— Nous allons aller prendre une douche. Ensuite nous mangerons. Puis nous allons commencer à courir. Et ce soir, je te nouerai contre un arbre.

Ou peut-être s'agirait-il de notre activité de midi.

Je n'étais pas sûr de pouvoir tenir plus que quelques heures sans être en elle.

Mon loup me le confirma au moment où mon nœud se retira. Son instinct se remit immédiatement en rut, ce qui n'était pas facile à gérer.

Cependant, je m'obligeai tout de même à sortir du paradis humide de Riley.

Je la portai ensuite jusqu'à la douche, qui fonctionnait maintenant parfaitement grâce à la technologie solaire que j'avais réussi à remettre en route.

Ce petit coin de paradis allait me manquer.

Cependant, il fallait vraiment que nous nous rendions à la base. Les autres devaient commencer à s'inquiéter, puisque nous aurions dû arriver là-bas depuis plusieurs jours déjà. Les chaleurs de Riley avaient duré une semaine entière. Après ça, nous avions encore passé deux jours au lit.

Je n'avais aucun regret.

Et à en croire la manière dont Riley s'appuyait contre moi maintenant, je savais qu'elle non plus.

Elle me regarda en souriant paresseusement tandis que je lui lavais les cheveux.

— Je commence à apprécier cette histoire d'union et

de lien maintenant.

— C'est vrai ?

Je passai les doigts dans ses cheveux, étalant l'après-shampoing.

— Absolument, répondit-elle en frottant mon torse pour me savonner.

Lorsque je sentis qu'elle gardait ses doigts dans cette région, je lui dis :

— Il n'y a pas que les abdos dans la vie, *ástin mín*.

— Je sais.

Sa main glissa vers mon sexe à demi durci. Elle le caressa avant de remonter jusqu'à lui pour le masser doucement.

— Continue comme ça et je vais te sauter dans la douche.

— Tu dis ça comme s'il s'agissait d'une menace et non d'une promesse, murmura-t-elle en resserrant les doigts.

— Peut-être que je vais te prendre par derrière pour t'apprendre à obéir.

— Peut-être que c'est exactement ce que j'attends, répliqua-t-elle en soulevant un de ses jolis sourcils roux avec un air de défi.

Je la plaquai contre le mur, les mains toujours dans ses cheveux, et pressai mon érection contre son ventre. Elle était tellement plus petite que moi. Cela ne faisait que me donner encore plus envie d'elle.

— J'ai besoin que tu sois capable de courir, dis-je. Si je prends ton petit cul rebondi maintenant, tu ne pourras plus t'asseoir et encore moins marcher.

Je me penchai pour murmurer la suite à son oreille.

— Mais si tu es sage, je te réserve ça pour quand nous serons à la base et je te garantis que je vais te faire hurler pour que tout le monde entende.

— J'y compte bien ! dit-elle avec un frisson.

Je lui mordis l'oreille.

— Montre-moi que tu es sincère et savonne le reste de mon corps.

Ses mains remontèrent immédiatement le long de mon torse, mais cette fois-ci, elle s'aventura vers mes côtes et mon dos.

— Quelle bonne petite louve ! murmurai-je en islandais. Continue comme ça et je t'accorderai encore plus de récompenses.

Elle répondit par un soupir, car même si elle n'avait pas compris les mots, elle aimait toujours autant le ton de ma voix.

Je l'embrassai dans le cou et continuai à lui laver les cheveux.

Puis, je lui pris le savon des mains et le fis doucement passer sur chaque centimètre carré de son corps.

Elle me lava également les cheveux lorsque je me mis à genoux devant elle pour atteindre ses jambes, ses mains massant avec aise mes longues mèches blondes. Puis, je nous rinçais tous les deux avec le jet d'eau.

Lorsque nous sortîmes de là, j'étais plus que prêt à la baiser de nouveau.

Mais je me retins.

Je m'attelai plutôt à lui préparer un bon repas.

Sans s'encombrer de vêtements, nous mangeâmes nus dans la cuisine et bûmes suffisamment d'eau pour nous assurer d'être assez hydratés pour courir dans cette chaleur.

Après manger, elle me regarda et hocha la tête.

—Je suis prête.

— Parfait.

Je déposai un baiser sur sa tempe et me dirigeai vers l'extérieur pour ouvrir la marche.

— Allons-y.

CHAPITRE 15
JONAS

Quelque part en Caroline du Nord

Quatre jours plus tard

Ça va me manquer tout ça, dis-je en plongeant le regard dans les magnifiques yeux de Riley.

Les arbres dansaient au-dessus de nos têtes ; leurs feuilles luxuriantes filtraient partiellement le soleil matinal, sans l'empêcher néanmoins de dessiner un halo de lumière autour des superbes traits de visage de ma compagne.

Les lèvres légèrement écartées, ses joues encore rosies indiquaient qu'elle venait de baiser, et son corps vibrait encore sous le contrecoup de son plaisir.

Elle m'avait chevauché ce matin, comme tous les matins précédents, après avoir dormi tout contre moi sous forme de louve pendant la nuit.

Dès que le soleil se levait, nous nous réveillions, nous baisions et nous partions à la recherche de nourriture avant de reprendre notre route.

Aujourd'hui serait probablement notre dernière journée de voyage.

Nous avions avancé à une bonne allure et nous avions réussi à parcourir de longues distances durant la journée avant de trouver un endroit sûr pour passer la nuit à l'abri.

Nous avions croisé quelques cabanes et des maisons, mais nous avions généralement choisi de rester dans la nature et de laisser nos loups vagabonder.

D'autant plus que nous avions du mal à ne pas nous sauter dessus dès que nous étions sous forme humaine.

Je ne m'en plaignais pas, évidemment.

J'étais sincère en disant que cela me manquerait. Nous ne pourrions pas nous comporter comme ça à la base. De toute façon, nous ne serions plus sous les arbres, entourés des sons calmes de la forêt.

C'était apaisant.

Un décor presque utopique en apparence.

Si on faisait abstraction de tout le chaos et la misère qui nous entourait.

La réalité, pensai-je. *Une réalité à laquelle il nous faut retourner maintenant.*

Parce que Riley avait encore un travail à accomplir, et moi aussi.

Son travail était toute sa vie, et maintenant elle était la mienne. Si elle voulait passer le prochain siècle à chercher un traitement, je serais là à ses côtés et l'aiderais du mieux que je pouvais.

Et je la nouerai tous les putain de matins, pensai-je lorsqu'elle se pencha vers moi pour m'embrasser.

Elle sourit tout contre mes lèvres, et je sentis sa poitrine se coller à la mienne.

— Moi aussi, ça va me manquer. Mais on pourra toujours aller courir ensemble et reproduire ces moments quand on en aura envie.

— Vraiment ? dis-je en l'embrassant tendrement. Tu me le promets ?

— Quand tu seras un bon Alpha, répliqua-t-elle.

Je reculai un peu la tête.

— Et que se passera-t-il quand je serai un mauvais Alpha ?

— Humm, souffla-t-elle en posant de nouveau ses lèvres contre les miennes. Je ne te chevaucherai pas.

— Ah ouais ?

Je l'attrapai par les hanches et la retournai pour me mettre au-dessus d'elle.

— Alors peut-être que je grognerai et que je te prendrai comme ça, suggérai-je.

Ma queue était encore en érection alors que je venais juste de jouir en elle. Cette femme me rendait insatiable.

— Seulement si tu promets de me lécher d'abord, concéda-t-elle.

Je soulevai un sourcil.

— Si je suis dans un mauvais jour, je n'aurai peut-être pas envie de te donner du plaisir.

— Alors je serai obligée de redevenir insupportable pour t'inspirer une des punitions dont tu as le secret, riposta-t-elle.

Sa répartie impertinente m'alla droit au cœur et arracha un rire à ma poitrine.

Je l'embrassai de nouveau. J'aimais tellement la sentir sous moi et contre moi.

— Tu veux que je te dise un secret, Riley ? dis-je à voix basse.

— Oui, chuchota-t-elle.

Je pressai les lèvres contre son oreille.

— J'aurai toujours envie de te donner du plaisir. *Surtout* quand je serai vilain.

Je lui mordillai l'oreille et déposai de petits baisers le long de son cou jusqu'à son épaule avant de continuer :

— Parce que tu m'appartiens, et que je veux que tu sois toujours parfaitement heureuse, *ástin mín.*

Elle plongea les doigts dans mes cheveux pour ramener ma bouche vers la sienne.

— Et moi, est-ce que je peux te dire un secret ?

— Toujours, soufflai-je contre ses lèvres.

— Je ne pense pas que tu saches être un mauvais Alpha, murmura-t-elle tout bas. Tu es tellement mieux que tous ceux que j'ai rencontrés avant toi. Je suis heureuse de pouvoir dire que tu m'appartiens.

— Alors comme ça, tu es *capable* de me dire des choses gentilles ? plaisantai-je en frottant mon nez contre le sien. Je suppose que tu avais seulement besoin d'un bon nœud.

Elle rit, émettant un son dont je savais que je ne me lasserais jamais.

— Ton nœud joue certainement un rôle dans cette histoire.

— Vraiment ? demandai-je, déjà prêt à la sauter de nouveau. Je pense qu'il est prêt à reprendre son *rô*....

Je sentis les poils de ma nuque se dresser légèrement, comme un avertissement que l'ambiance venait soudain de changer.

Riley s'immobilisa, les yeux rivés sur moi. Elle n'avait peut-être pas encore senti le changement, mais elle pouvait dire que quelque chose n'allait pas, rien qu'en se basant sur ma réaction.

— Transforme-toi, exigeai-je en m'éloignant d'elle. Maintenant.

Plutôt que de s'opposer à moi, elle entama sa transformation l'instant d'après et se retrouva à quatre pattes. Je me levai, mes sens s'éveillant en même temps que mes narines s'écartaient pour inhaler l'odeur des Alphas qui approchaient.

Ils étaient au moins deux.

Peut-être trois.

L'agressivité qui émanait d'eux me confirma qu'ils ne venaient pas pour engager une conversation cordiale.

— Nous sommes à une cinquantaine de kilomètres de la base, dis-je à voix basse. Je vais t'indiquer la direction vers laquelle tu dois aller et après ça, je veux que tu coures aussi vite que tu peux pendant aussi longtemps que tu peux et que tu ne te retournes pas.

Elle laissa échapper un petit gémissement protecteur, qui déclencha un grognement de ma part.

— Ce n'est pas négociable, Riley. *Tu vas courir*, dis-je en mettant dans ces trois mots autant d'autorité Alpha que possible.

Mon loup refusait quelque autre alternative. Il fallait qu'elle obéisse. Il fallait qu'elle survive. Quant à moi, j'allais mettre toutes mes forces dans la bataille contre ces trois connards.

Je pouvais sentir l'intensité de leur désir sexuel tout autant que leur agressivité : ces Alphas étaient partis en chasse de l'Oméga qu'ils avaient probablement flairée de loin.

Ils ne tiendraient pas compte du fait qu'elle avait déjà un compagnon.

Ils essayeraient simplement de m'éliminer de l'équation pour se l'approprier.

Tout dans l'odeur que je pouvais sentir à leur approche me révélait un fait très important : il s'agissait d'Alphas *sauvages*.

Ils n'avaient rien de gentil et il était impossible de les raisonner.

Ils ne connaissaient pas d'autre langage que la domination.

Quant à moi, je ne pourrai pas m'en sortir avec Riley à mes côtés.

Elle baissa la tête pour montrer qu'elle acceptait mon ordre, mais elle ne put s'empêcher d'émettre un nouveau gémissement. Celui-ci était teinté de peur, car elle venait probablement de sentir l'odeur sauvage qui s'approchait de nous.

Je posai ma main sur son encolure pour la rassurer.

— Tu m'appartiens, Riley Campbell. Je suis sur le point de te montrer ce que cela signifie vraiment. Maintenant, on va commencer à courir.

Ses iris assombris croisèrent les miens, et il me sembla qu'une lueur de compréhension s'y installait.

Puis d'un bond, je m'écartai d'elle pour atterrir sur mes quatre pattes, mon loup prenant immédiatement les commandes. Il restait profondément conscient des mouvements de Riley à nos côtés, son odeur servant d'indice principal pour s'assurer qu'elle ne s'éloignait pas.

Elle était plutôt rapide, ce qui me permit d'imprimer un rythme plus exigeant.

Cela dit, ce ne serait pas suffisamment rapide pour échapper aux Alphas qui nous poursuivaient. Ils nous traquaient comme des proies, et ils allaient automatiquement la considérer comme un point faible.

Mon point faible.

J'étais prêt à mourir pour elle et ils allaient le sentir. C'est pour ça que j'avais besoin qu'elle coure le plus vite possible pour être suffisamment loin de nous lorsque la bagarre allait commencer.

Je savais que s'ils la touchaient, j'allais perdre tout contrôle.

J'allais devenir *fou*.

Cependant, j'avais besoin de garder mes capacités stratégiques et de me concentrer pour être capable de me battre au mieux.

Les Alphas sauvages étaient féroces. Ils se battaient avec leurs dents, pas avec leur tête. C'est là que je pouvais prendre l'avantage.

Mais seulement si j'arrivais à pousser Riley à se mettre en sécurité.

Autrement, je serais trop focalisé sur sa protection pour me protéger moi-même.

Une fois que nous atteignîmes la route que nous longions hier, je ralentis et regardai du côté de Riley. Je lui avais expliqué hier soir que cette route menait à Fort Bragg. Je lui fis un signe du museau pour qu'elle sache dans quelle direction partir.

Mais elle ralentit en même temps que moi.

Je grognai et pointai à nouveau vers la gauche. *Vas-y.*

Elle cligna des yeux et sursauta lorsqu'un hurlement résonna au loin.

Maintenant, Riley, dis-je avec un autre grognement.

Elle frotta son museau contre le mien.

Je pensais qu'elle essayait peut-être de me dire, *je n'irai nulle part*, mais au moment où je m'apprêtais à grogner mon ordre encore plus fort, elle s'élança en avant et se mit à courir.

Sa belle fourrure brun roux scintilla sous la lumière du soleil et sa silhouette rapide et gracieuse s'éloigna dans un mouvement qui me fit presque mal au cœur.

Cela dit, l'agressivité qui emplissait l'atmosphère me ramena au moment présent et toute mon attention se tourna vers mes adversaires.

Ces trois enculés avaient choisi de s'attaquer au mauvais Alpha.

Je reculai jusqu'au milieu de la route, souhaitant un espace ouvert pour livrer la bataille à venir.

Mon nez m'avertit qu'au moins une des trois bêtes à l'approche était un Alpha du X-Clan. L'autre avait une odeur un peu différente. Pas une odeur du V-Clan. De toute façon, ceux-ci étaient rares et peu enclins aux instincts sauvages. Il s'agissait d'un autre type de loup. Peut-être un Viking Alpha ?

Quoi qu'il en soit, ils appartenaient tous les deux au Secteur de l'Exil.

Je pouvais sentir la puanteur de leurs tendances malveillantes. Ces deux créatures étaient clairement irrécupérables. Cela pouvait peut-être venir du virus, mais j'en doutais. Certains loups étaient simplement prédisposés à devenir mauvais. Peut-être l'un d'eux avait-il perdu sa compagne, ou peut-être avaient-ils passé trop longtemps sous forme de loups.

Il y avait plusieurs possibilités.

Cependant, je n'avais pas le temps d'y réfléchir parce qu'ils étaient tout près, et que s'ils arrivaient à me battre, ils allaient se lancer à la poursuite de Riley.

Je sentis une énergie électrique me traverser et hérisser tous mes poils. *Venez, je vous attends.* Mon loup se mit à émettre un grognement sourd d'avertissement.

Le premier d'entre eux jaillit de la forêt, ses mâchoires s'écartèrent pour lâcher un grognement lorsqu'il croisa mon regard.

Voilà l'Alpha du X-Clan. Où est ton pote, maintenant ? pensai-je, toujours hérissé en reniflant l'air autour de moi. *Il n'est pas loin, mais il n'est pas là.*

Je plissai les yeux. *Qu'est-ce que vous mijotez tous les deux ?*

L'énorme loup noir qui me faisait face ne me donna aucune réponse. Il se contenta de bondir vers moi en poussant un hurlement féroce.

Je l'évitais en essayant d'évaluer sa rapidité et sa souplesse, de savoir à quoi j'avais affaire. Il essaya à nouveau de me charger, ce qui me démontra son manque de finesse.

Cela dit, il était massif.

Et clairement très musclé.

Il bondit à nouveau, et je sentis son grognement vibrer dans l'air.

Je tournai sur moi-même pour l'éviter et tendis une patte juste à temps pour lui lacérer la gorge.

Ses mouvements étaient prédictibles, ce qui le rendait facile à déstabiliser.

Mais il s'agissait d'un Alpha sauvage, alors une griffure à la gorge, même si elle lui remplissait la bouche de sang, ne suffisait pas à le neutraliser.

Cela ne fit que ralentir ses mouvements pendant qu'il crachait, sa génétique de métamorphe mettant tout en œuvre pour le guérir aussi vite que possible.

Il continuait à essayer de me mettre à terre, mais il était évident à chacun de ses bonds qu'il ne comptait que sur son poids et sa taille.

Je lui assenai deux autres coups de pattes, puis je lui sautai sur le dos.

Je saisis son encolure dans ma mâchoire et donnai un violent coup de tête sur le côté. Le sang jaillit. Son hurlement se transforma en gargouillis tandis que je continuais à planter mes dents en lui.

Enfin, il arrêta de bouger, baignant dans une mare de son propre sang, là, au milieu de la route.

Ce n'est que lorsque je l'entendis pousser son dernier souffle que je me rendis compte que son copain ne s'était toujours pas montré.

Je ne sentais plus son odeur dans l'air. Du moins pas de manière à suggérer qu'il approchait.

Je me retournai, à la recherche d'une trace de son agressivité.

Ce n'était pas le genre d'un Alpha sauvage de fuir face à la bagarre.

Sauf s'ils avaient senti quelque chose de plus intéressant.

Comme une Oméga par exemple.

Je pris immédiatement la même direction que Riley, à la poursuite non seulement de sa douce odeur, mais aussi de la traînée nauséabonde d'agressivité qui la suivait.

Cet Alpha sauvage avait utilisé son ami comme distraction, ce qui me donnait à penser qu'il ne s'appuyait pas seulement sur ses instincts, mais aussi sur son intelligence.

Peut-être que ce n'est pas réellement un Alpha sauvage.

Peut-être qu'il s'est seulement servi de l'autre Alpha comme leurre.

Ce qui veut dire que c'est le plus dangereux des deux qui s'est mis à la poursuite de Riley.

Merde.

Quelque part en Caroline du Nord

L'ODEUR corrosive de l'agressivité ne diminuait pas ; elle s'amplifiait.

Je me mis à courir plus vite, en espérant que ce soit seulement le vent ou bien l'odeur qui me serait restée dans le museau, mais ma louve savait qu'il n'en était rien.

L'un d'eux s'est mis à ma poursuite.

Et je ne sentais absolument pas l'odeur de Jonas.

Est-il blessé ? Ont-ils réussi à le maîtriser ?

Cela semblait impossible de battre Jonas, surtout aussi rapidement.

Est-ce que l'un des Alphas a choisi de se mettre à ma poursuite plutôt que de se battre contre mon compagnon ?

Cela suggérait qu'il n'était probablement pas aussi fou que son odeur le laissait penser. La plupart des loups sauvages s'appuyaient sur leur instinct animal, ce qui impliquait généralement d'éliminer ses concurrents avant de s'accoupler avec une compagne potentielle.

Cependant, cet Alpha semblait avoir fait le choix stratégique de me poursuivre.

Jonas est-il au courant ?

Si ce n'était pas encore le cas, ça le serait bientôt, mais serait-il suffisamment rapide pour pouvoir venir à mon secours ?

Je serrai la mâchoire. *Réfléchis, Riley.*

Je n'étais pas une Oméga normale, mais ma louve se soumettrait si elle y était forcée.

Cependant, le fait de m'être accouplée avec Jonas me rendrait peut-être moins sensible à certaines des ruses utilisées par les Alphas. Comme leurs grognements par exemple.

S'il me rattrapait, je pourrais faire semblant de l'implorer.

Je pourrais utiliser cela à mon avantage, puisqu'il croirait avoir gagné.

Les Alphas ne s'attendaient généralement pas à ce qu'une Oméga leur résiste. C'est ce qui pourrait peut-être me donner une arme secrète dans cette bataille. Surtout si la bête n'était pas aussi sauvage qu'en apparence.

C'est en tout cas ce que suggérait sa trajectoire et sa stratégie.

Je ne peux pas continuer longtemps à ce rythme, me dis-je lorsque mes pattes commencèrent à me faire mal. Une moyenne de huit kilomètres heure était normale, mais je pouvais faire des sprints à plus de cinquante, voire cinquante-cinq kilomètres heure.

Cependant, je ne pouvais pas tenir à cette vitesse très longtemps, et l'Alpha qui me poursuivait était en train de gagner du terrain. Il était bien plus grand et fort que moi.

Merde. Merde. Merde.

Réfléchis, Riley, me répétai-je. *Il doit bien y avoir quelque chose que je puisse faire pour le distraire suffisamment longtemps pour que Jonas nous…*

Un homme apparut sur le chemin à plusieurs mètres devant moi. Sa présence était aussi soudaine qu'inattendue. *Un troisième Alpha.*

Celui-ci était armé d'un couteau.

Il n'avait aucune odeur.

Les cheveux sombres, la peau pâle, un sourire mauvais.

Comment arrive-t-il à… ?

Je n'avais pas le temps de réfléchir à tout ça, pas alors qu'un autre Alpha commençait à gronder derrière moi.

Supplie-le, pensai-je. *Supplie-le et sers-toi de ta supposée faiblesse comme d'un avantage.*

Je baissai la tête en faisant semblant d'avoir peur et je ralentis le pas.

Jonas va arriver. Jonas va arriver. Jonas va arriver.

Ce refrain se répétait dans mon esprit. Ma louve était certaine qu'il serait bientôt là.

— *Transforme-toi,* exigea l'Alpha qui me faisait face. Ou je t'obligerai à le faire.

Des paroles très cohérentes, notais-je en reniflant discrètement autour de moi. Je n'avais pas senti cet Alpha du tout tant celui qui était derrière moi brouillait mes sens.

Cela dit, maintenant qu'ils s'approchaient tous les deux de moi, je pouvais voir qu'ils étaient beaucoup moins sauvages que ce que je pensais, ce qui laissait penser qu'ils s'étaient probablement servis de l'autre métamorphe.

Pas bête, admis-je tout en frissonnant.

Certains êtres surnaturels avaient choisi de tirer profit de ce nouveau monde. Nous n'avions plus à nous cacher. Les humains connaissaient notre existence et ils étaient trop occupés à échapper aux zombies pour se préoccuper d'autre chose.

Les loups et autres êtres paranormaux pouvaient alors se gérer eux-mêmes.

Certains d'entre eux n'étaient pas particulièrement friands des règles.

Ces deux Alphas semblaient appartenir à cette catégorie.

Je m'arrêtai à environ trois mètres du mâle qui tenait un couteau et penchai encore un peu plus la tête.

Puis j'entamai ma transformation, comme il me l'avait ordonné. Je n'avais aucun doute sur le fait qu'il mettrait sa menace à exécution et me forcerait de toute façon à le faire avec un grognement, et même si ça ne serait peut-être pas aussi efficace que celui de Jonas, je ne voulais pas le pousser à essayer.

D'autant plus que cela m'ouvrait une opportunité.

Je ralentis mon processus de transformation, non seulement pour donner plus de temps à Jonas de nous rattraper, mais aussi pour paraître faible.

Les Alphas ne me pressèrent pas, tant ils étaient occupés à étudier les formes que je révélais petit à petit.

Un autre élément que je peux utiliser à mon avantage, pensai-je. *Les Alphas sont toujours fascinés par les Omégas. Même les Alphas sauvages.*

Après plusieurs secondes insoutenables, qui avait semblé être des minutes, je fus enfin debout sur mes deux pieds. Cependant, je ne relevai pas la tête. Je pris plutôt le temps d'étudier les chaussures de l'Alpha.

Des bottes, me dis-je, *et un jean. Pourrait-il avoir d'autres armes cachées quelque part ? Un autre couteau ? Quelque chose que je puisse utiliser ?*

— Ta jolie fourrure était de la même couleur que tes cheveux, s'amusa-t-il. Magnifique.

Je faillis rétorquer. Je préférais généralement me teindre les cheveux, mais l'Infection avait rendu ce genre de choses difficile à faire, puisque je ne pouvais pas vraiment passer chez le coiffeur pour faire un soin complet.

— Viens par là, continua l'Alpha. Toi et moi on va apprendre à se connaître pendant qu'Henrick s'occupe de ton Alpha.

Je serrai la mâchoire, à la fois à cause de ses paroles et de la note de triomphe dans sa voix.

S'occuper de mon Alpha, pensai-je. *Bien sûr !*

Cependant, je voulais qu'il continue à croire que ce serait facile. Je voulais lui donner l'impression que tout se passait selon ses plans.

Je me forçai à avancer vers lui. Son odeur m'informa qu'il n'était pas un loup du X-Clan.

Ce n'était pas non plus un loup du V-Clan.

Ni un Viking Alpha.

Qu'est-ce que tu es ? me demandai-je en inspirant profondément. *Pas un loup cendré.*

En fait, il n'avait pas une forte odeur de loup.

Mais il n'avait définitivement pas une odeur humaine.

La réponse me vint au moment où il tendit la main vers ma gorge ; sa paume encercla mon cou, me tirant simultanément d'un coup sec contre son torse.

Un vampire, réalisai-je. Je retins ma respiration au moment où son nez vint se coller contre la peau de mon cou.

— Mmm, dit-il en effleurant ma peau sensible de ses canines pointues. Du sang d'Oméga bien frais.

Le loup derrière moi se mit à grogner.

— Oui, oui, je sais. On va partager. Mais il faut d'abord que tu t'occupes de son *compagnon*.

Il resserra ses doigts autour de ma gorge lorsque son autre main se posa sur mes hanches. Son couteau semblait avoir disparu.

L'a-t-il rangé dans un étui ou a-t-il réellement disparu ?

— Tu es encore mieux que ce que nous avait décrit le chasseur de primes, murmura-t-il.

Je fronçai les sourcils.

Un chasseur de primes ?

— Qu'est-ce que tu en penses Henrick, on la garde pour nous ou on se sert d'elle avant de la leur donner ?

Le loup derrière moi grogna juste au moment où Jonas lança un hurlement d'avertissement au loin.

Il n'essaya pas de cacher son approche, le mâle Alpha en lui, voulant que tout le monde sache que ces imbéciles s'étaient attaqués au mauvais métamorphe.

Le monde tourna autour de moi au moment où le vampire me fit pivoter dans ses bras pour plaquer mon dos contre sa poitrine. Sa paume resta sur ma gorge, ses lèvres tout près de ma nuque, tandis que sa deuxième main se posait sur mon ventre.

Les vampires Alpha n'avaient pas pour habitude de prendre des Omégas d'autres espèces, sauf peut-être les Omégas du V-Clan. Il pouvait boire mon sang pour se rassasier, mais il ne pouvait pas s'accoupler avec moi.

Sur le plan technique, je pouvais prendre son nœud, tous les Alphas vampires en possédaient un en plus de leurs crocs, mais je n'en avais pas la moindre envie.

L'autre mâle était un Viking Alpha, ce qui était rendu évident par son simple manteau blanc et sa taille gigantesque.

Son odeur était aussi un indice important.

Cela dit, ça ne me disait pas ce qu'il faisait sur ce continent. Les Vikings habitaient généralement du côté de la Scandinavie.

— Ta tête a été mise à prix pour un joli montant, murmura le vampire contre mon oreille. Mais ils veulent te récupérer vivante. Apparemment, quelqu'un a très envie de te voir. Je me demande bien qui ça peut être, puisqu'il ne s'agit clairement pas de ton compagnon.

Moi aussi j'aimerais avoir la réponse à cette question, pensai-je en fronçant les sourcils. *Le Conseil International pense-t-il que j'ai disparu ? Ont-ils fait appel aux services d'un chasseur de primes pour me retrouver ?*

Je savais que nous avions plusieurs jours de retard par rapport à ce qui était prévu, et ce n'est pas comme si Jonas et moi avions été en mesure de les contacter pour leur expliquer.

Mais faire appel à des chasseurs de primes ?

Ça ne ressemblait vraiment pas au Conseil. Ils étaient plutôt du genre à envoyer des militaires, comme Jonas, avant de faire appel à des gens sans scrupule comme eux.

Et ce à cause de l'exacte situation dans laquelle je me trouvais maintenant : on ne pouvait pas faire confiance aux chasseurs de primes et à leur faculté de faire ce qui convient.

Jonas s'avança en courant, et ses yeux d'un bleu plus foncé sous sa forme de loup balayèrent la scène d'un seul mouvement, considérant le périmètre tout autour de lui.

— Ah, bienvenue parmi nous, susurra le vampire.

Il baissa sa main vers mon bas-ventre, juste pour que ses intentions soient bien claires.

— J'étais justement en train de me rapprocher de ta femelle. Après tout, ce n'est que justice puisque tu as assassiné notre animal de compagnie.

Animal de compagnie ? répétai-je intérieurement. *Est-ce qu'ils parlent de leur copain sauvage qu'ils ont de toute évidence envoyé vers Jonas pour faire diversion ?*

Jonas s'immobilisa un instant, visiblement furieux tandis qu'il observait le mâle derrière moi.

Henrick se mit à grogner et se jeta sur Jonas, profitant de l'apparente paralysie de mon compagnon.

Cependant, Jonas réagit en un clin d'œil et ses griffes vinrent s'enfoncer dans l'épaule de l'autre mâle.

La bagarre s'engagea entre eux, dans un tourbillon de fourrure, de griffes et de *crocs*.

Je frissonnai. Mes jambes semblaient se dérober sous moi.

— Ce sera bientôt terminé, petite louve, souffla le vampire en posant ses lèvres sur mon cou. *Très* bientôt.

Jonas poussa un grognement et plongea vers nous, mais il fut rattrapé par l'autre loup qui lui planta ses crocs dans le flanc.

Merde. C'est exactement pour ça qu'il m'avait ordonné de m'enfuir. La bête de Jonas ne pouvait pas se concentrer lorsque j'étais à côté, dans les bras d'un autre Alpha. Il avait besoin que je sois libre, que je sois en sécurité. Il avait besoin de savoir que...

Un objet pointu se posa contre ma gorge. Le vampire avait ressorti son couteau.

— Ha, ha, ha, dit-il d'un ton désapprobateur. Pas de ça.

Je ne compris pas tout de suite.

C'est alors que je remarquai la gueule de Jonas, enserrant le cou de l'autre loup.

Du sang lui coulait sur le menton.

Il était en train de prendre le dessus, me dis-je.

Il allait gagner et le vampire s'en était rendu compte. Maintenant...

Maintenant il se sert de moi pour distraire Jonas encore plus.

CHAPITRE 17
RILEY

Quelque part en Caroline du Nord

Ces êtres n'étaient définitivement *pas* sauvages. Je l'avais déjà compris, mais un tel stratagème montrait à quel point ils étaient fourbes et cruels.

Je tressaillis lorsque la dague me mordit la peau, la douleur m'arrachant un petit cri involontaire.

Jonas libéra immédiatement l'autre loup et recula d'un pas.

Puis soudain, il se retrouva à terre, car l'autre Alpha n'avait pas perdu une seconde pour le plaquer au sol, toutes griffes et dents dehors.

Non. Non. Non !

Je n'arrivais pas à croire ce qui se passait.

Jonas se débattit, mais le vampire m'entailla de nouveau, cette fois-ci en émettant un bourdonnement lorsqu'il porta la lame à sa bouche pour en nettoyer le sang avec sa langue.

Sa deuxième main vint alors se refermer sur mon sexe.

Il ne m'avait pas encore touchée là. Jusqu'à

182

maintenant, sa main était restée juste sous mon nombril avec l'intention évidente d'aller plus loin. Il voulait provoquer Jonas.

Cependant, le vampire était désormais en train d'envahir mon intimité.

Il léchait mon sang sur son couteau et me touchait d'une manière qui aurait dû être exclusivement réservée à Jonas.

Et ça rendait la bête de mon compagnon complètement folle.

Les sons qui lui échappaient me rappelaient ceux d'un loup sauvage, mais il était cloué au sol, blessé et incapable de faire appel à ses capacités stratégiques.

— Jonas, murmurai-je.

Je ne voulais pas que ce mot sonne comme une supplique, mais le vampire vint caresser mon cou de ses lèvres juste au moment où je le prononçai.

Mon compagnon poussa un hurlement de fureur qui fit rire le mâle qui se tenait derrière moi.

— Complètement sans défense, s'amusa-t-il en passant sa langue le long de ma gorge. Une vraie Oméga.

Je plissai les yeux en entendant ces paroles, comme si une partie de mon cerveau se réveillait après avoir été paralysée par le choc de ces quelques dernières minutes.

D'ailleurs, c'était plutôt ces quelques dernières *secondes*.

Tout s'était déroulé tellement vite que j'avais eu du mal à vraiment digérer toute la scène.

Jusqu'à maintenant.

Jusqu'à ce qu'il prononce ces trois derniers mots.

Je suis peut-être une Oméga, pensai-je, *mais je suis beaucoup plus que ça. Je suis une Oméga dotée de dents.*

L'Alpha était tellement obsédé par mon sang et occupé à le lécher sur sa lame qu'il ne remarqua pas le moment où j'initiai ma transformation… en commençant par la mâchoire.

Juste ce qu'il faut pour avoir les canines beaucoup plus aiguisées. Je visais le tendon sensible entre son pouce et son index tout en lui assenant un coup de talon dans le tibia.

Son couteau tomba par terre lorsque je déchirai son tendon avec mes dents et, de surprise, le vampire trébucha en arrière. Il fut tellement déstabilisé qu'il tomba au sol.

Je sautai en avant et terminai ma transformation en une seconde. Le changement s'opérait infiniment plus vite après avoir passé presque deux semaines avec mon nouveau compagnon.

À baiser.

À manger.

À boire.

Et à me *transformer*.

Notre union avait renforcé mes capacités à un point que je n'avais pas anticipé : elle m'avait considérablement rapprochée de l'âme de ma louve et m'avait permis de ne faire qu'un avec elle avec ses dents et ses griffes aux commandes.

Jonas repoussa l'autre Alpha qui était sur lui et élança immédiatement sa patte vers moi pour me pousser derrière lui et faire face aux deux autres mâles.

Son grognement était le son le plus menaçant que j'aie jamais entendu. Il contenait quelque chose de meurtrier. La promesse de *me protéger*.

Il ne donna pas à nos agresseurs le temps de retrouver leurs esprits et il se précipita sur le vampire cette fois-ci plutôt que sur le loup.

Les vampires, en particulier les Alphas, possédaient une rapidité et une force anormales, ce qui expliquait le choix de Jonas. Les vampires Alphas étaient des créatures dangereuses, qui ne craignaient pas la lumière du soleil et étaient assoiffées de sang en permanence. Je n'avais réussi à avoir le dessus sur lui pendant un instant que parce qu'il était distrait. Et maintenant, Jonas pouvait se servir de la blessure que je lui avais infligée.

Il plongea ses crocs dans la poitrine du vampire pour l'affaiblir encore un peu plus.

Le vampire se débattit, passa les bras autour de Jonas et serra, tandis que le Viking Alpha se précipitait sur lui pour le mordre à nouveau.

Puis les trois Alphas devinrent un tourbillon de grognements terrifiants.

Je reculai de plusieurs pas, mais le reflet de la lame du couteau attira mon attention.

Je ne faisais absolument pas le poids face à ces trois Alphas sous forme de loup, du moins pour ce qui était de ma force et de mes dents.

Mais pourrais-je rivaliser sur mes deux pieds avec un couteau en main ?

Un bruit sourd interrompit mon analyse.

L'un des corps heurta le sol.

Viking Alpha, pensai-je, soulagée.

Puis le vampire et Jonas se mirent à tournoyer encore plus vite. Les sons qu'ils émettaient étaient gutturaux et *étranges*.

Je n'avais jamais vu un vampire se battre contre un loup. Cela se produisait parfois, mais en règle générale, seuls les Alphas du V-Clan se battaient contre les vampires Alphas, et c'était surtout pour protéger leurs compagnes Omégas.

Un nouveau cri féroce, que je ne sus identifier, s'échappa de la bataille.

Je bondit de nouveau en arrière tandis qu'ils continuaient à se battre, les deux Alphas possédant une force égale.

Ou peut-être pas, m'inquiétai-je.

Jonas était très fort et il avait été élevé par des loups du V-Clan. Cela dit, il ne possédait pas leurs pouvoirs magiques. Il n'était pas non plus comme un vampire. Il ne buvait pas de sang. Il n'hibernait pas. Il était entièrement un métamorphe du X-Clan.

Mon métamorphe.

Mon compagnon.

Il fallait que je fasse quelque chose pour l'aider.

C'est juste que... je ne savais pas quoi faire. Moi non plus je n'avais pas le moindre pouvoir magique.

Mais je sais découper un corps, pensai-je en jetant un nouveau coup d'œil vers le couteau. *Je sais me montrer dangereuse avec un scalpel, alors pourquoi pas avec une dague ?*

Je me mis à ramper vers l'arme, mais les deux Alphas dans leur lutte me coupèrent la route, m'obligeant à reculer de plusieurs pas.

Un terrible craquement fendit l'air, suivi d'un hurlement de douleur qui s'échappa de Jonas tandis que les deux adversaires s'immobilisaient.

— Tu as été un opposant admirable, lança le vampire en laissant tomber Jonas sur le sol, ses muscles saillants à travers son T-shirt et son jean moulant ses jambes. Mais pas suffisamment pour me battre.

Il souleva sa botte, dans l'intention évidente de venir l'écraser sur le cou de Jonas.

Ma louve réagit sans réfléchir. Elle s'élança en avant, mâchoire ouverte, visant la gorge du vampire. Il m'attrapa au vol et me fit tourner jusqu'à ce que je me retrouve plaquée au sol, son corps puissant au-dessus du mien. Puis il se mit à grogner d'une manière plus menaçante que jamais.

Mais mon animal ne renonça pas. Elle se déchaîna contre lui, essayant de lui arracher le visage.

Ce qui provoqua son *rire*.

Son *rire*, putain.

— Dis donc, quelle petite Oméga bagarreuse ! dit-il d'un air moqueur. Je sens que je vais adorer te briser.

— Voilà qui serait bien fâcheux, s'éleva soudain une autre voix, dont l'accent irlandais m'était agréablement familier.

Kieran.

— Je préférerais la récupérer entière.

J'essayai de le regarder, mais le vampire qui me plaquait toujours au sol m'empêchait de voir correctement.

— Oh, voyons, dit Kieran d'une voix traînante en envoyant le vampire valser dans un arbre à proximité d'un simple geste de la main. Tu ne pars pas déjà, j'espère ? J'aurais bien voulu discuter.

Il fit chuter le mâle au sol d'un autre mouvement de poignet, sa simple présence exigeant que celui-ci *s'agenouille*.

Les vampires étaient extrêmement puissants.

Cependant, Kieran faisait partie de la famille royale du V-Clan : il s'agissait d'un futur *roi*.

Ses pouvoirs étaient issus de la magie ancienne. Une magie que je pouvais désormais sentir se propager à travers le champ et *étrangler* le vampire.

Il n'y aurait pas de bagarre entre eux.

Kieran avait déjà gagné.

Le vampire le savait aussi.

— Tu vois, j'ai mis sa tête à prix en sachant très bien que tous les chasseurs de primes allaient se mettre joyeusement à la recherche de la Dre Campbell. Tout ce qu'il me restait à faire, c'était de vous suivre et de vous laisser me mener jusqu'à elle.

Voilà qui explique pourquoi j'étais recherchée, pensai-je. Je frissonnais sous le poids de la vague de domination qui émanait de Kieran. Il ne retenait en rien sa signature énergétique et s'assurait ainsi que tous ceux qui l'entouraient, vivants ou morts, ressentaient bien son autorité.

— Cela dit, j'avais été très clair, continua-t-il. Je voulais récupérer le Dre Campbell vivante et *intacte*.

Il jeta un rapide regard vers moi et serra les dents, ce qui fit ressortir sa mâchoire carrée.

— Elle ne m'a pas l'air tout à fait *intacte*.

Je faillis grogner en réponse, mais mon attention fut détournée par une expiration faible et tremblante de Jonas. *Merde.*

Je me transformai immédiatement en humaine et courus vers lui. Il avait perdu connaissance, et ses os semblaient avoir été fracturés au niveau des côtes. *Lorsque le vampire l'a serré dans ses bras*, réalisai-je.

Il était entièrement couvert de plaies causées à la fois par des dents et des griffes.

— *Kieran*, dis-je sans pouvoir cacher un sentiment d'urgence dans ma voix. Il va mourir.

— En effet, acquiesça Kieran.

Le vampire poussa un cri perçant, mais je refusais de le regarder.

Apparemment, Kieran avait décidé d'appliquer mon affirmation à cet autre être surnaturel.

Ce n'est pas moi qui allais l'en empêcher.

Je n'avais même pas suffisamment de respect pour ce vaurien pour le regarder mourir.

Je gardai le regard fixé sur Jonas. *Mon compagnon. Mon amour.* Je murmurai son nom, tandis que mes mains se mouvaient inutilement au-dessus de lui.

Je ne savais pas par où commencer. Je n'étais même pas certaine de pouvoir l'aider. Il... il saignait. Il ne semblait pas guérir.

J'entendais à peine sa respiration.

Merde.

— Kieran ! hurlai-je, mes mains toujours en train de s'agiter au-dessus de Jonas, sans succès.

J'étais docteure. J'avais… j'avais des connaissances médicales. Il fallait que je réussisse à le guérir, mais comment ? Où ? Je n'avais aucun outil, aucun… aucun… *Oh Lunes…*

Je regardai autour de moi à la recherche de quelque chose qui pourrait aider.

Des herbes, pensai-je. *Des plantes médicinales, peut-être. Quelque chose. Il doit bien y avoir quelque chose.*

L'Alpha du V-Clan s'agenouilla à côté de moi et posa son regard bleu nuit sur Jonas avant de le lever vers moi. Il semblait examiner mon visage et mon corps à la recherche de blessures, un regard purement clinique.

— Est-ce que ça va ?

— Non ! hurlai-je. Non, ça ne va pas du tout. Jonas est en train de *mourir.*

— Oui, confirma-t-il calmement. En effet.

— Je…

Je ne savais pas quoi dire, mais je repris :

— Il faut que je le sauve. Il faut qu'on… je ne sais pas. Je ne sais pas !

Le sentiment d'hystérie qui emplissait ma poitrine se répandit dans mes veines et je me mis à trembler.

Calme-toi, me dis-je à moi-même. *Calme-toi et concentre-toi. Tu sais sauver des vies, alors sauve Jonas. Sauve Jonas !*

Cependant, ma louve continuait à paniquer en moi, et mon cœur battait à toute allure dans ma poitrine. Sa terreur étouffait ma capacité à réfléchir, comme si mon âme pleurait déjà le mâle que je venais tout juste de commencer à… à *aimer.*

— Je vois que ton petit secret a été révélé, dit Kieran

en baissant de nouveau les yeux vers Jonas. Il n'a pas perdu de temps pour te revendiquer.

— J'ai… j'ai eu mes chaleurs.

Je ne faisais que souligner l'évidence, quelque chose que Kieran savait déjà s'il avait mis à prix la tête de son amie *Oméga*. C'était quelque chose dont j'avais bien l'intention de discuter avec lui plus tard.

— Et il t'a revendiquée, résuma Kieran.

— Je… oui… mais, je ne crois pas… je ne crois pas qu'il ait eu le choix.

Non seulement à cause de mes chaleurs, mais aussi parce que nous avions réellement envie l'un de l'autre. Il m'appartenait. Je lui appartenais. Nos loups avaient parlé pour nous. Jonas n'avait fait que ce que sa bête exigeait de lui.

— Nous avons toujours le choix, ma petite, répondit Kieran en levant ses paumes, suspendues au-dessus du corps mourant de Jonas.

Celui-ci se mit à se transformer en humain, et nous pûmes apercevoir toute l'étendue de ses horribles blessures.

Oh, Jonas. Je frissonnai.

— Est-ce que tu peux… le guérir ?

Je savais que Kieran possédait des pouvoirs de guérison. C'est pour ça qu'il était devenu docteur, ou plutôt, c'est pour ça qu'il avait accepté d'aider avec les recherches sur le virus. Mais je ne savais pas exactement jusqu'où allaient ses capacités ni s'il pouvait aider Jonas au point où il en était.

— Oui je peux le faire.

L'Alpha du V-Clan leva vers moi un regard qui dénotait une certaine curiosité, avant de poursuivre :

— Cela dit, s'il meurt, sa revendication sur toi mourra avec lui. Ce sera peut-être douloureux, mais je peux guérir cette douleur. Si tu le désires, évidemment. Tu pourras alors reprendre ton identité de Bêta et cacher ta vraie nature de nouveau.

Je le regardai bouche bée.

— Quoi ?

Comment pouvait-il dire cela ? *Parce que c'est ce que j'aurais voulu deux semaines plus tôt. Mais maintenant...*

— Ou alors, je peux le guérir pour toi. Je n'ai contacté que quelques autres chasseurs de primes. Je peux facilement m'occuper d'eux.

S'occuper d'eux, me dis-je à moi-même. *C'est-à-dire les tuer.*

— Tu ferais ça pour moi ?

— Oui, dit-il en m'adressant un sourire. Je te considère comme mon amie, Riley. Et je n'en ai pas beaucoup.

J'avais du mal à croire cela étant donné son histoire et son titre.

— Alors si je veux que tu le guérisses…

Je ne pus terminer ma phrase tant cela faisait naître un espoir immense en moi. *Kieran peut guérir Jonas. Il peut me le ramener. Il peut redonner vie à mon compagnon.*

— Je le guérirai, termina-t-il pour moi. Mais tu vas devoir faire un choix rapidement où cela ne sera plus…

— Guéris-le, l'interrompis-je.

Mon cœur bondit dans ma poitrine et je répétai :

— Guéris-le, *je t'en prie.*

Kieran me fixa encore pendant un instant et son sourire sembla remonter jusqu'à ses yeux sombres.

— Comme tu voudras, ma petite.

CHAPITRE 18
JONAS

ESPACE AÉRIEN NON IDENTIFIÉ

PUTAIN DE KIERAN. Quand j'allais me réveiller, j'allais mettre un coup de poing en plein dans la gueule de ce *prince charmant.*

Il avait proposé de me laisser mourir, quelque chose que j'avais entendu sans réellement l'entendre. À ce moment-là, j'étais perdu dans un profond brouillard, mon âme essayant de guérir alors même que mon corps le lui refusait.

Cependant, j'étais plus ou moins conscient, grâce à mon esprit qui était lié à celui de Riley et qui s'attachait à la chaleur de son être, à son odeur, à sa *présence.*

S'il meurt, sa revendication sur toi mourra avec lui.

Cela avait fait sursauter Riley, mais lorsqu'il avait été question de prendre une décision concernant ma vie, elle n'avait pas hésité à lui demander de me guérir.

Cependant, cette offre continuait à me contrarier.

Bordel, c'est Kieran qui me contrariait. Son héroïsme à

192

la con et ses paroles mielleuses faisaient rire Riley tandis qu'elle passait les doigts dans mes cheveux.

Kieran lui dit qu'elle devait aller se reposer. Il m'avait mis dans un état de stase, mais j'étais certain qu'il savait que je pouvais entendre absolument tout ce qui se passait.

— Une prime, prononça la voix de Riley avec une pointe d'agacement. Pour une Oméga.

— Oui, répondit calmement Kieran. J'avais senti que l'efficacité de tes inhibiteurs était en train de diminuer la semaine dernière quand nous étions encore au camp, tu te rappelles ?

— Certes, dit-elle, énervée. Mais je n'aurais pas dû avoir besoin d'une nouvelle dose aussi rapidement.

— Tu n'aurais pas dû en avoir besoin tout court, répliqua-t-il. Et je t'avais prévenue l'année dernière que ta louve finirait pas apprendre à les métaboliser.

— C'est pour ça que je travaillais à trouver un sérum plus efficace, quelque chose que j'aurais pu perfectionner si tu m'avais aidée.

— Tu sais très bien que je n'approuve pas l'utilisation d'inhibiteurs, Riley.

Le petit ton moralisateur dans sa voix m'irritait profondément. Même si j'étais d'accord avec lui, ce n'était pas son rôle de réprimander *ma* compagne.

— Ce n'est pas naturel de cacher ce qui te distingue, c'est pour cette raison que ta louve refusait de l'accepter.

Riley soupira, ses doigts s'immobilisant dans mes cheveux.

— C'est facile à dire pour toi. Tu es un Alpha, Kieran. C'est une *distinction* bien différente.

— C'est vrai, admit-il. Je comprends pourquoi tu avais le désir de te cacher. Les Alphas du X-clan manquent d'une certaine dose de bienséance et de tact lorsqu'il s'agit de courtiser leurs Omégas.

Si j'avais pu, j'aurais reniflé avec dédain. *Enfoiré !*

— Oui…

La rapidité avec laquelle elle acquiesça me fit grogner intérieurement.

— Mais Jonas ne m'a pas seulement revendiquée. Il… il m'a montré ce qu'attend un bon Alpha de sa compagne.

— Oh, dit Kieran, intrigué. Et qu'est-ce qu'un bon Alpha attend de sa compagne ?

Elle recommença à caresser mes cheveux et descendit la main jusqu'à mon épaule, avant de venir la poser sur ma poitrine nue.

— Une partenaire, répondit-elle en plaçant sa paume sur mon cœur. Une compagne pour la vie.

Le silence s'installa entre eux pendant un moment avant que Kieran ne dise :

— Jonas est un bon Alpha. Il s'occupera bien de toi.

C'est ce que tu dis maintenant, pensai-je. *Après avoir proposé de me laisser mourir.*

— Je sais, répondit Riley en remontant la main vers ma gorge. Je ne suis pas le genre de louve à obéir sans raison.

Kieran rigola.

— C'est sûr que tu vas lui casser les pieds. J'aimerais bien être là pour voir ça.

— Peut-être que tu le seras.

— Non. Il ne voudra pas rester dans le Secteur Sanglant.

Alors c'est là que nous allons ? pensai-je. *Le Secteur Sanglant ?*

— Pourquoi pas ? C'est là que vit sa mère. C'est là qu'il a grandi, et puis tu as la technologie nécessaire pour créer un nouveau laboratoire. Cela paraîtrait normal que nous continuions à vivre avec toi, répondit Riley.

Ses arguments semblaient raisonnables, et pourtant, la notion même de vivre là-bas me rendait malade.

Ou du moins, encore plus malade que je ne l'étais.

Je ne sais pas de quelle magie Kieran s'était servi pour me guérir, mais je me sentais nauséeux.

L'idée de retourner dans le Secteur Sanglant et d'y rester ne faisait que renforcer cette sensation.

— Jonas ne se sentira pas bien dans le secteur sanglant, expliqua Kieran. Il a besoin de trouver une meute dans laquelle il peut se sentir sur un pied d'égalité avec les autres et il ne trouvera jamais ça parmi les loups du V-Clan. C'est la raison pour laquelle il est parti.

Une des raisons, pensai-je, un peu vexé que ce *prince charmant* ait réussi à discerner ce genre de détails à mon sujet sans même m'avoir interrogé.

— C'est un Alpha, continua Kieran, il a besoin de garder le contrôle. Il ne peut pas trouver ça dans mon secteur. Pas de mon fait ni de celui d'aucun de mes loups, mais c'est juste la progression naturelle des choses. Les loups du V-Clan et du X-Clan peuvent peut-être s'accoupler, mais ils restent des animaux très différents.

Voilà une manière polie de dire que les Alphas du X-Clan étaient inférieurs à ceux du V-Clan.

Je ne pouvais pas m'opposer à sa logique, puisque ce qu'il disait était vrai jusqu'à un certain point. Chaque espèce avait ses propres forces, mais les loups du V-Clan étaient particulièrement dangereux et se plaçaient tout en haut sur l'échelle des prédateurs dans le monde des êtres surnaturels.

Les vampires étaient leurs adversaires les plus redoutables.

D'où ma reconnaissance envers Kieran pour s'être occupé de l'Alpha vampire quand j'avais été incapable de le faire.

La plupart des mâles dans ma situation n'auraient probablement pas aimé qu'il prouve la supériorité de sa force dans cette situation, mais pas moi. Mon ego ne m'empêchait pas d'admettre qu'il m'avait sauvé les miches.

C'était plutôt la suite des événements qui m'avait énervée.

Comme son offre de me laisser mourir, associée à la discussion si ouverte et franche qu'il partageait maintenant avec Riley.

À moi, grondait continuellement mon loup. *Riley est à moi.*

Je savais que Kieran et elle étaient amis, et je l'acceptais, mais cela n'empêchait pas mon animal de vouloir l'éloigner d'elle.

Mon loup se fichait de savoir que techniquement, Kieran avait une compagne.

Enfin, une *promise* Oméga, en tout cas.

Les Alphas du V-Clan avaient une manière très différente de courtiser leur Oméga, et celle appliquée par Kieran était probablement la plus originale que j'aie vue.

Quoi qu'il en soit, il n'était pas encore complètement engagé avec sa promise, ce qui faisait de lui un concurrent potentiel. En tout cas, aux yeux de mon loup intérieur.

— Alors où penses-tu que nous devrions aller ? demanda doucement Riley après un long silence.

Elle avait probablement pris le temps de réfléchir aux paroles de Kieran et compris à quel point il disait vrai.

— Les laboratoires ont tous été détruits. Où allons-nous pouvoir continuer nos recherches ?

Kieran poussa un soupir.

— J'admire ta ténacité, Riley. Je t'ai toujours admirée pour ça, mais nous savons tous les deux qu'il n'existe pas de traitement. Même ma magie ne peut rien pour eux.

La main de Riley s'immobilisa sur mon épaule.

— Alors tu abandonnes ?

— Je n'abandonne pas. J'accepte la réalité. Le mieux

que nous puissions espérer maintenant, c'est de trouver un moyen d'arrêter la mutation.

Un léger vrombissement était contenu dans sa voix, un son qui ressemblait plus à un grognement qu'à un ronronnement. Il continua :

— Rohan a appelé quand tu étais… indisposée.

— Et ? insista-t-elle.

— Ils ont un nouveau cas au Danemark. Un Viking Alpha. Apparemment, il a fait sa transition la nuit dernière et il est tout aussi zombifié qu'un loup cendré qui aurait été mordu.

Merde, pensai-je. Ça voulait dire que le virus s'était répandu à une deuxième race de loup.

— Il est en train de prélever des échantillons, continua Kieran. Je vais bientôt les recevoir au labo pour les examiner, mais à ce stade, nous devons nous concentrer sur le fait d'empêcher la mutation de continuer. Parce que même si nous trouvions un traitement, qu'est-ce qu'il resterait à sauver ? Une fois que le cerveau est détruit, il ne reste rien d'autre qu'une enveloppe charnelle.

Je sentis les ongles de Riley effleurer ma peau à mesure qu'elle serrait le poing. Sa colère résonna en moi comme un coup de fouet, mais elle ne dit rien.

Elle semblait simplement bouillonner à l'intérieur.

— Tu sais très bien que j'ai raison, ma petite, dit Kieran de sa voix douce qui me hérissait les poils intérieurement.

Tout comme je n'avais pas apprécié qu'il la réprimande tout à l'heure, je n'aimais pas l'entendre la réconforter. Même si c'était ce dont elle avait besoin à cet instant.

— Il y a une clinique qui est en train d'être installée dans le Secteur Andorra, expliqua-t-il. C'est un Bêta du X-Clan nommé Ceres qui s'en occupe. Tu le connais ?

— On s'est déjà rencontrés.

La toute petite voix de Riley me brisa le cœur. De toute évidence, elle était en colère, mais pas contre Kieran. Ce qu'il disait était vrai et elle le savait. C'est simplement que cette réalité l'exaspérait.

C'était quelque chose que je comprenais très bien.

Je n'aimais pas particulièrement Kieran, mais il n'était pas le Prince du Secteur Sanglant sans raison. Il savait très bien ce qu'il faisait.

C'est la raison pour laquelle je commençais à suspecter que toute cette conversation m'était en réalité destinée et qu'il savait en effet parfaitement que j'entendais ce qui se passait.

Il voulait que Riley soit heureuse et il était en train de la guider vers un endroit où elle pourrait s'épanouir.

Tout en étant ma compagne.

Si j'avais pu bouger les muscles, j'aurais serré la mâchoire.

— L'Alpha de secteur est nouveau, murmura Kieran. Il cherche quelqu'un avec tes compétences pour diriger le laboratoire construit par Ceres.

Il est définitivement en train de diriger Riley vers cet endroit.

Elle devait partager mes suspicions, car elle demanda sur un ton sceptique :

— Pourquoi Ceres ne pourrait pas le faire ?

— D'après ce que j'ai compris, il s'est spécialisé dans la transformation des humains en métamorphes. En métamorphes du X-Clan pour être plus précis. C'est pour ça qu'il a d'excellentes connaissances en génétique des loups. Par contre, il manque d'expérience en épidémiologie. À vous deux, vous pourriez marquer l'histoire.

Quel roublard celui-là, pensai-je, presque amusé par ses tours de passe-passe. Il savait que Riley ne pourrait pas refuser une telle opportunité.

— Est-ce que tu essayes de te débarrasser de moi, Dr O'Callaghan ? demanda-t-elle.

La petite note taquine que je perçus dans sa voix fit grogner mon animal d'agacement.

— Oh, *macushla*, si je pouvais te garder, je le ferais. Cela dit, ce serait un crime de ma part de t'empêcher de faire briller ton plein potentiel.

Je vais le tuer, décidai-je. *Je vais lui arracher sa langue de beau-parleur et la lui faire avaler.*

— Il se trouve qu'il y a pour toi une opportunité parfaite dans le Secteur Andorra, continua-t-il de sa voix suave qui me faisait bouillir. Et ce serait bien pour ton compagnon également.

— Il y a peu de chance que l'Alpha de secteur laisse une Oméga prendre le contrôle de son laboratoire, lança-t-elle. Je suppose que c'est un loup du X-Clan, n'est-ce pas ? Le secteur Andorra est peuplé de loups du X-Clan, non ?

— Oui, confirma Kieran, mais Ander Cain n'est pas comme les Alphas avec lesquels tu as grandi. Son père est l'Alpha du Secteur Nordique.

Alpha Ludvig, traduisis-je. Mais c'est quelque chose que je savais déjà, puisque j'avais reconnu le nom d'Ander.

J'avais déjà rencontré l'Alpha Ludvig. C'était un bon loup. Un loup respecté.

— Je ne connais pas bien les secteurs européens, confessa Riley. Mais je sais que les Alpha du X-Clan ne laissent généralement pas les Omégas sortir de leur nid.

— C'est ce que t'a dit Jonas ? demanda-t-il.

Je grognai de nouveau intérieurement.

Non, je ne lui ai pas dit ça, espèce de con. Si seulement il me laissait me réveiller, je pourrais enfin parler.

— Jonas n'est pas un Alpha du X-Clan normal. Il a grandi dans le Secteur Sanglant.

— Ce qui ajoute certainement à son charme, dit Kieran.

Ouais, je vais te montrer comme je peux être charmant dès que tu me laisseras sortir de ce putain de coma.

— Il existe des Alphas qui non seulement encouragent les Omégas à faire autre chose que nidifier, mais qui le souhaitent. L'Alpha Ludvig en fait partie. Tous les loups de son secteur travaillent, même sa compagne Oméga. J'imagine que c'est comme ça qu'il a élevé son fils, ce qui explique pourquoi il a déjà exprimé un intérêt à te rencontrer.

Riley détendit sa main contre ma poitrine.

— L'Alpha Ander veut me rencontrer ?

— Oui. Il a entendu parler de ce qui s'est passé sur la base du CDC et a envoyé un message pour nous informer qu'il recherchait une épidémiologiste de ton niveau.

— Est-ce qu'il sait que je suis une Oméga ?

— Pas encore, répondit Kieran. Il n'y a qu'une poignée de gens qui sont au courant à cause de l'avis de recherche que j'ai lancé dans la région. Mais je sais que ça ne changera rien à l'intérêt d'Ander pour toi. Et je pense que Jonas l'intéressera aussi, étant donné son expérience militaire. Ander a besoin de se faire des alliés parmi les Alphas puissants s'il veut que son nouveau secteur se tienne à carreau. Autrement, il risque de faire face à une dissidence.

Ander n'avait pas plus de vingt-cinq ou trente ans, ce qui était extrêmement jeune pour occuper une telle position de leadership. Il avait un bon patrimoine génétique en tant que fils d'Alpha Ludvig, mais il allait faire face à de nombreux défis à cause de son jeune âge. Il allait effectivement avoir besoin d'une équipe solide pour maintenir sa position.

— Et tu penses que Jonas préférera ça au Secteur Sanglant, dit Riley.

C'était plus une affirmation qu'une question.

— Oui, dit Kieran avant de marquer une pause. Mais tu peux en parler avec lui pour prendre cette décision. Si vous préférez rester dans le Secteur Sanglant, je te ferai un laboratoire. Tu as le choix. À toi de faire le bon, et rappelle-toi de ce que tu m'as dit au sujet de Jonas.

— J'ai dit beaucoup de choses au sujet de Jonas.

— Oui, mais il y a une chose en particulier que tu dois garder en tête, *macushla*.

— Quoi donc ? demanda-t-elle en formulant exactement la question que j'avais en tête.

— Tu as dit qu'il voulait une compagne pour la vie, dit-il doucement. Une partenaire. Si tu veux être sa partenaire Riley, il faut que vous en discutiez *ensemble* et que vous preniez la décision qui vous convient à tous les deux.

CHAPITRE 19
RILEY

Secteur Sanglant

J'ÉTAIS ALLONGÉE à côté de Jonas, à attendre qu'il se réveille.

Kieran nous avait installés dans l'une de ses chambres d'amis en attendant que Jonas finisse de guérir, ce qui selon lui serait bientôt le cas.

— Il va sûrement commencer à bouger d'ici une heure ou deux, avait précisé Kieran avant de partir. Il faut juste que son corps rattrape son esprit.

— Qu'est-ce que tu veux dire ?

— Je suis sûr qu'il t'expliquera quand il se réveillera, répondit Kieran avec un léger sourire. Amuse-toi bien, *macushla*.

Chérie, traduisis-je dans ma tête, consciente de la signification de ce surnom affectueux. Kieran ne m'appelait comme ça que parce qu'il savait que j'aimais la manière dont son accent irlandais faisait chanter ce mot. Il m'avait raconté avoir repéré dès le premier jour que cela me faisait sourire, et qu'il s'était juré de m'appeler comme ça depuis lors.

Cet Alpha du V-Clan avait un côté dragueur, mais tout ça faisait partie de son charme. Il avait donné son cœur à une autre Oméga, une femme qu'il n'avait mentionnée que quelquefois. D'après ce que j'avais pu comprendre, ils semblaient tous les deux jouer à une sorte de cache-cache. C'était ce jeu qui l'avait tout d'abord amené au CDC, son Oméga se cachant quant à elle à Atlanta.

Puis, le chaos s'était abattu sur notre monde.

Kieran avait alors mis ses pouvoirs de guérison à disposition, se consacrant entièrement à la lutte contre l'épidémie.

Mais comme il l'avait dit dans l'avion, le remède nous échappait. C'était comme s'il n'en existait pas, en dépit de toutes les essences et de la génétique surnaturelles auxquelles nous avions accès.

De toute façon, Kieran avait raison : même si nous trouvions un traitement, quelle portion de l'esprit humain devait-elle être intacte pour que ça fonctionne ?

Je soupirai et posai la tête contre l'épaule de Jonas tout en continuant d'attendre qu'il se réveille.

— Il me faut une nouvelle direction, marmonnai-je pour moi-même. Je ne peux pas abandonner l'idée de trouver un traitement, mais Kieran a raison, il faut que nous nous concentrions sur le problème des mutations.

Il avait parlé de l'annonce de Rohan concernant la contamination d'un Viking Alpha. Cela signifiait qu'il existait une nouvelle mutation particulièrement dangereuse.

Il nous fallait arrêter le virus avant qu'ils se mettent à toucher les loups du X-Clan, du V-clan, du W-Clan ou qui que ce soit d'autre.

À part peut-être les vampires, songeai-je. *Je ne suis pas une grande fan d'eux en ce moment.*

Cela dit, Kieran avait mentionné être ami avec un vampire, alors ils ne devaient pas être tous aussi terribles que le monstre que j'avais rencontré environ douze heures plus tôt.

Celui qui avait failli anéantir mon Alpha.

Je déposai un baiser sur la poitrine de Jonas, juste au niveau de son cœur.

— Merci de m'avoir protégée, murmurai-je. Et de m'avoir revendiquée.

— De rien.

Sa réponse me fit sursauter. Mon regard se dirigea immédiatement vers son visage.

— Jonas, tu es réveillé !

— Ça fait un petit moment, grommela-t-il en tournant les yeux vers la table de nuit.

Je tendis rapidement le bras pour attraper le verre d'eau qui y était posé.

Le Secteur Sanglant semblait continuer à fonctionner comme si nous n'étions pas en pleine pandémie. Ils avaient réussi à protéger la plus grande partie de la population islandaise, et à donner à tous les humains un lieu sanctuarisé à l'intérieur de leurs frontières tant que ceux-ci acceptaient de suivre certaines règles.

Ils avaient également mis en place une ration de sang, ce que les loups du V-Clan considéraient comme une forme de taxe foncière.

Jonas but presque tout le verre d'eau, soulevant légèrement la tête de son oreiller pour lui permettre d'avaler, puis il déclara :

— Mon esprit était toujours en éveil. J'ai tout entendu de ce qui s'est passé ces dernières heures.

— Il est minuit passé ici, dis-je. Mais en réalité ça ne

fait qu'une douzaine d'heures. Tu as tout entendu ? Même ce que nous avons dit dans l'avion ?

— Et avant ça, lorsque Kieran a proposé de me laisser mourir, marmonna Jonas. Oui, j'ai tout entendu.

Il avait l'air en colère, mais je n'étais pas sûre de comprendre pourquoi.

— Je lui ai demandé de te guérir. Je n'ai pas hésité une seule seconde, tu le sais, n'est-ce pas ?

Ses traits se radoucirent un peu.

— Je sais, *ástin mín.*

— Alors pourquoi es-tu en colère ?

Toute douceur disparut de son visage, et je vis sa mâchoire parsemée de petits poils blonds se serrer. Cela faisait un moment qu'il n'avait pas pu se raser, mais je devais admettre que cette petite barbe lui allait plutôt bien.

— Oh, je ne sais pas *macushla*. Peut-être à cause du peu de cas que Kieran a fait de ma vie, de sa manière de flirter constamment avec toi ou de ses commentaires incessants sur le comportement des Alphas du X-Clan. Il y a le choix.

Je le fixai sans rien dire pendant une minute.

Le coin de mes lèvres se souleva lorsque je compris les vraies raisons de sa colère.

Oui, cela avait peut-être en partie à voir avec l'offre de Kieran concernant mon avenir, mais ce n'était pas au cœur de l'attitude de Jonas.

— Tu es jaloux.

— Ben tiens, un peu que je suis jaloux ! répliqua-t-il avec une véhémence qui me surprit. Tu es à *moi* et il n'arrêtait pas de flirter avec *ma* compagne. Mon loup avait envie de le mettre en charpie.

Mon sourire s'étira encore, ce qui lui fit plisser les yeux.

— Tu sais que nous ne sommes qu'amis, n'est-ce pas ?

— Un ami qui voudrait te garder près de lui, rétorqua-t-il. Ouais, j'ai aussi entendu quand il a dit ça.

Je le regardai en haussant un sourcil.

— Il parlait de mes capacités professionnelles et de notre amitié.

— Ouais, bien sûr !

Je levai les yeux au ciel.

— Il a déjà une compagne.

— Une fiancée, répondit Jonas. Ce n'est pas la même chose que d'être uni à quelqu'un, et puis de toute façon, sa promise n'est jamais là.

— C'est vrai, admis-je. Mais à mes yeux, il n'a jamais été autre chose qu'un ami, et un excellent collègue.

Jonas renâcla.

— Il t'a sauvé la vie, fis-je remarquer. Alors tu ne peux pas vraiment le détester.

— Ça ne veut pas dire que je suis obligé de l'aimer non plus.

— Espèce d'Alpha borné, dis-je d'un air amusé.

— C'est toi l'Oméga bornée, répliqua-t-il du tac au tac.

— Alors je suppose qu'on était vraiment faits l'un pour l'autre, dis-je, chevauchant ses hanches et appuyant mes mains sur son torse pour me redresser au-dessus de lui.

— Tu veux me nouer pour que tout le monde sache que je t'appartiens ?

Je me frottai contre lui pour ponctuer mon invitation, ce qui lui arracha un profond grognement.

Ce qui fit immédiatement réagir mon corps.

Je sentis mon sexe s'humidifier, lubrifiant sa queue de plus en plus dure.

J'avais retiré les vêtements que Kieran m'avait prêtés juste avant de m'allonger à côté de Jonas dans le lit.

Définitivement une excellente décision de ma part, me dis-je en ondulant contre lui.

Il grogna de nouveau, ses mains vinrent se poser sur

mes hanches et il nous fit basculer, avant de me pénétrer sans crier gare.

Je tressautai contre lui, fléchissant instinctivement le bassin tout en poussant un gémissement. C'était une douleur délicieuse.

— Encore, suppliai-je lorsqu'il s'immobilisa.

— Dis-moi que mon nœud est le seul dont tu as besoin.

— Ton nœud est le seul dont j'ai *envie* et besoin, soufflai-je en posant les mains sur ses épaules. Tu es mon compagnon, Jonas. Je t'ai choisi, et j'aurai toujours envie et besoin de toi.

Il prit mon visage entre ses mains, son regard bleu glacé fixé sur moi.

— Je t'aime, Riley.

— Prouve-le, dis-je soulevant de nouveau le bassin. Noue-moi.

Il rigola.

— Toujours aussi exigeante.

— Tout à fait, dis-je en passant mes jambes autour de lui. Maintenant, Alpha.

Il attrapa ma lèvre inférieure entre ses dents et se mit à me mordiller. Pas très fort, juste assez pour faire office d'avertissement.

— Tu es insupportable, Riley Campbell.

— Est-ce que ça veut dire que tu vas me punir ? demandai-je pleine d'espoir.

Il poussa un soupir.

— J'ai failli mourir et ta réaction c'est d'exiger que je te saute dès que je me réveille ?

— Oui.

Parce que cela prouvait qu'il était en vie. Ça m'aidait à me sentir de nouveau ancrée. Revendiquée. *Aimée*.

— J'ai besoin de ton nœud, Jonas, répétai-je en insistant sur chaque mot. *Ton* nœud.

Il approcha son visage pour frotter son nez contre le mien.

—Je suis fier que tu te sois battue, murmura-t-il. Je suis vraiment fier que tu sois à moi. Ne perds jamais cette flamme, Riley. C'est ce que tu es, et je t'aime comme tu es.

Je frémis sous lui. Mon cœur s'emballa, mais j'acceptai ce compliment, ce qui ne fit qu'approfondir notre étreinte.

— Moi aussi, je t'aime exactement comme tu es.

C'était une vérité que ma louve avait saisie dès le début. Cet Alpha avait toujours représenté notre destin.

Désormais, je comprenais moi aussi qu'il était mon avenir.

—Je veux aller où tu iras, Jonas. Toujours.

C'était quelque chose que j'avais compris en parlant avec Kieran de notre prochaine destination.

Il avait raison en disant que Jonas aurait besoin d'un but.

Et ce but serait plus évident dans un secteur du X-Clan, où il pourrait être fidèle à ses racines d'Alpha.

Il avait besoin de se sentir supérieur, non pas par arrogance ou par orgueil, mais simplement parce que c'était comme ça qu'il pouvait s'épanouir.

Jonas m'embrassa, et alors qu'il me faisait l'amour, chaque assaut de sa langue et de ses lèvres me susurrait son affection et sa dévotion.

C'était lent.

Tendre.

Parfait.

Je ne voulais pas que ce soit rapide ou brutal, mais bien ce qu'il m'offrait : une promesse de vie.

Jonas est guéri. Nous sommes en sécurité. Nous sommes destinés à être ensemble.

Une autre bonne raison de quitter le Secteur Sanglant. Je n'avais pas envie de rester près de leurs voisins vampires du Groenland. Bien sûr, un océan nous séparait, mais les relations entre les loups du V-Clan et les espèces vampires étaient un peu trop étroites à mon goût.

Surtout après ce que je venais de vivre.

Le Secteur Andorra était plus sûr pour nous. Du moins en théorie.

Jonas me mordilla la lèvre inférieure, me ramenant à lui à l'instant où il se glissait profondément en moi.

Toujours lentement, délibérément.

Toujours parfaitement *nous*.

Je poussai un soupir de satisfaction tant ma louve se régalait des attentions de son Alpha. Sa main parcourut doucement mes côtes pour venir caresser mes seins, avant de monter jusqu'à mon visage.

Il se redressa pour me regarder, son regard brillant de possessivité ponctuant ses va-et-vient.

Aucun mot.

Juste nos émotions.

L'amour. La passion. Des promesses d'éternité.

Il m'entraînait dans l'oubli sans me quitter des yeux, et continua de me regarder lorsque son son nœud me revendiqua de l'intérieur.

C'était tellement intense, exactement ce dont j'avais envie.

Il m'embrassa de nouveau lorsque les vagues de plaisir nous submergèrent tous les deux, ses grognements sourds grondant contre ma poitrine.

Un grondement qui se transforma en ronronnement.

Je fondis sous lui, ce son étant de loin mon addiction préférée.

— Tu m'appartiens, murmura-t-il.

— Oui, acquiesçai-je, mes ongles s'enfonçant légèrement dans sa nuque pour le maintenir contre moi. Et toi tu m'appartiens aussi.

Il sourit tout contre mes lèvres et m'embrassa à nouveau avec passion.

Lorsque son nœud me libéra, il me porta à travers la chambre d'amis jusqu'à la salle de bain attenante.

Il me donna un bain.

Ronronna pour moi.

Il nettoya tout le sang qu'il avait encore sur la peau. Dans l'avion, j'avais essayé de le nettoyer avec les serviettes que Kieran m'avait fournies. Mais un bon bain était beaucoup plus efficace.

Ce n'est que lorsque nous fûmes en train de nous sécher que Jonas dit :

— Si tu me demandes de rester ici, je le ferai. Pour toi.

—Je sais.

Il m'avait déjà plus que prouvé qu'il mettrait toujours mes désirs avant les siens, mais comme l'avait si justement indiqué Kieran, ce n'était pas le genre de compagne que je voulais être.

L'Alpha du V-Clan était clairement une énigme. Il passait son temps à me parler avec beaucoup de sagesse, tout en s'assurant que je pouvais lire entre les lignes.

Il ne se comportait pas comme ça avec les autres. D'ailleurs, il passait souvent pour plutôt froid.

Mais jamais avec moi.

Pas pour des raisons romantiques, ceci dit.

Nous étions amis, comme je l'avais expliqué à Jonas. Deux chercheurs passionnés qui avaient maintenu une forme similaire de respect pour l'humanité.

Le sien était de nature plus cynique, le mien plus optimiste. Néanmoins, c'est ce qui nous aidait à nous équilibrer l'un l'autre.

— J'aimerais parler avec l'Alpha du Secteur Andorra, dis-je après un court silence. J'aimerais en apprendre plus sur sa clinique. Et peut-être aussi parler au Bêta Ceres au sujet de ses recherches.

— Tu en es sûre ? demanda Jonas.

Je hochai la tête.

— C'est ce qui serait le mieux pour *nous*, Jonas. Kieran avait raison en ce qui concerne les possibilités de collaboration là-bas.

J'examinai mon compagnon tandis qu'il enroulait une serviette autour de sa taille.

— Ça t'intéresse, toi, le Secteur Andorra ?

— Ça m'intéresse de discuter des possibilités avec Ander, oui, répondit-il. Je connais un peu son père, Ludvig. C'est un bon loup. Si Ander lui ressemble un tant soit peu, ce qui doit être le cas puisqu'il est déjà en train de prendre le contrôle d'un secteur, Andorra pourrait être un bon endroit pour nous.

— Parce que tu pourrais être un homme de main là-bas ? pensai-je à voix haute.

— Parce qu'Ander te traitera comme tu le mérites, c'est-à-dire comme une chercheuse mondialement reconnue avec le potentiel d'aider notre espèce à survivre à cette pandémie.

Pas comme une Oméga ou comme la simple compagne d'un Alpha, mais comme une personne de grande valeur, me dis-je.

— Tu penses qu'il respectera mes rêves ?

— Il n'y a qu'une manière de le savoir.

Jonas s'approcha de moi et enroula sa paume autour de ma nuque, tout en plongeant son regard dans le mien.

— Je ne te mettrais jamais dans une situation où tu te sentirais inférieure, et je ne laisserais personne te traiter comme telle.

Je lui souris.

— Je ne suis pas sûre que je le permettrais moi-même.

Il afficha un demi-sourire.

—J'y compte bien, *ástin mín,* dit-il en frôlant mes lèvres avec les siennes. Vérifions d'abord si Ander correspond à nos attentes et nous aviserons ensuite.

— Bonne idée, murmurai-je.

— Parfait, répondit-il avant de m'embrasser de nouveau. On est dans le même bateau, *ástin mín.* Pour toujours.

— Pour toujours, répétai-je sans pouvoir m'empêcher de sourire. Mais ne pense pas que je vais m'assagir pour autant.

Il pouffa de rire.

— Ma chérie, je ne m'attendrais jamais à ce que tu t'assagisses. Je te connais trop bien pour ça.

— Très bien, dis-je en mordillant sa lèvre inférieure. Tu es prêt à me nouer de nouveau ?

Il éclata de rire.

—Je suis toujours prêt à te nouer, mais j'ai besoin de manger un peu d'abord, Oméga.

J'affichai une fausse moue boudeuse.

— Mais…

Il embrassa mon cou et vint poser ses lèvres contre mon oreille.

— Patience, Riley, dit-il dans un grondement. J'ai bien l'intention de te satisfaire une fois que j'aurai mangé. Va donc t'habiller maintenant.

Je poussai un long soupir théâtral.

— Est-ce qu'il va encore falloir que j'insulte ton nœud ?

— Essaye et tu vas le regretter.

— Pas avec ta version d'une punition, dis-je tout bas.

Il me mit une claque sur les fesses, suffisamment forte pour me faire crier.

— Arrête donc de me torturer, Oméga. J'ai besoin de manger.

Je fis semblant de me remettre à bouder, mais partis tout de même à la recherche de mes vêtements.

Il ne cessait de m'observer avec un regard affamé.

Il était évident que s'il avait besoin d'un repas, je serais définitivement son dessert.

Et j'attendais ça avec impatience.

À moi, pensai-je. *Cet Alpha est à moi.*

ÉPILOGUE
JONAS

Secteur Andorra

Ander Cain ne souriait pas. Il se contentait de nous fixer, sa présence sévère me rappelant une version bien plus stoïque de son père.

Peut-être est-ce son Oméga qui l'a adouci, me dis-je en pensant à Ludvig. *Ou la famille qu'il a créée.*

Ander n'avait pas le côté chaleureux de son père.

Mais il n'était ni cruel ni particulièrement grossier. Il était assis en face de Riley et l'écoutait expliquer le contenu de ses recherches et ses qualifications. Quelque chose me dit qu'il savait déjà tout ce qu'elle lui exposait. Cependant, il ne l'interrompit pas. Il ne lui demanda pas non plus de s'incliner ou de supplier.

C'était un bon point pour lui.

D'ailleurs, j'étais enclin à lui accorder *plusieurs* points.

Il était venu à notre rencontre sur le tarmac en compagnie de son bras droit, Elias, qui était désormais assis à côté de lui, c'est-à-dire en face de moi à la table où nous étions installés. En effet, ils nous avaient tous deux conduits dans un bâtiment qui venait visiblement d'être construit.

Plutôt que de nous interroger immédiatement, Ander nous avait montré les laboratoires et avait présenté Riley à Ceres. Ces deux-là s'étaient déjà parlé au téléphone quelquefois, puisque les capacités technologiques du Secteur Andorra étaient compatibles avec celles du Secteur Sanglant.

Mais le Secteur Sanglant était sans conteste beaucoup plus futuriste, ce qui n'avait rien d'étonnant étant donné le caractère mystique des êtres qui vivaient là-bas.

Le Secteur Andorra avait pourtant de quoi nous donner envie de rester. Non seulement à cause de ses dirigeants, mais aussi grâce à son apparence et son aura générale.

Je me sentais bien ici.

Et l'excitation que j'entendais dans la voix de Riley m'informait qu'elle aussi.

Son enthousiasme avait débuté dans le laboratoire, après avoir rencontré Ceres en chair et en os. Il lui avait montré ce sur quoi il travaillait, et elle s'était immédiatement lancée avec lui dans une discussion scientifique de haut niveau à laquelle je n'avais pas compris grand-chose.

Elias et Ander avaient échangé un regard suggérant qu'eux non plus n'avaient pas compris.

Mais peu importait, puisque ma compagne avait l'air ravie. Du coup j'étais aussi parfaitement heureux.

Elle était désormais en train d'essayer de se vendre pour un poste qu'Ander avait clairement déjà décidé de lui accorder.

Je le voyais dans son regard.

Cependant, il restait silencieux et écoutait. Ses iris dorés brillaient de connaissance.

Il est bien le fils de son père, décidai-je alors. *À l'exception de son attitude beaucoup plus froide.* Mais je pouvais m'adapter à ça.

Je n'aimais pas les discussions inutiles, alors s'il préférait garder la communication au strict minimum, ça me convenait.

Son bras droit semblait un peu moins strict que lui. Son regard bleu nuit était assorti à ses épais cheveux noirs, dans lesquels il se passait régulièrement la main, ce qui m'indiquait qu'il n'aimait pas rester sans bouger.

Elias avait souri quelquefois à Riley, surtout pour l'encourager à continuer à parler. Cela paraissait relativement innocent ; rien de plus que l'adoration habituelle des Alphas lorsqu'ils se trouvaient en présence d'une Oméga.

Pourtant, Ander n'avait pas témoigné le moindre signe d'adoration. Il gardait une attitude parfaitement professionnelle avec Riley, la traitant comme s'il parlait à un autre Alpha.

Là était l'influence de son père.

Et cela avait rendu Riley presque immédiatement à l'aise en sa présence.

Elle prit une grande inspiration avant de conclure :

— Donc, je pense que je trouverai parfaitement ma place dans votre équipe.

Ander attendit un instant, l'évaluant de ses yeux dorés.

— Je suis d'accord.

Elias acquiesça.

— De quoi avez-vous besoin ? demanda Ander. Un logement, évidemment, mais avez-vous une préférence ? Nous avons des appartements équipés ici dans le bâtiment, mais aussi des maisons de divers styles dans le reste du secteur.

Riley se tourna vers moi.

Je n'avais pas de préférence. Je m'installerais là où Riley le voudrait.

— Est-ce qu'on pourrait d'abord commencer par une petite visite et décider ensuite ? demanda-t-elle en se retournant vers Ander.

— Évidemment, répondit-il. Elias va vous arranger un petit tour d'horizon de toutes vos options. En attendant, vous pouvez rester dans l'appartement réservé aux invités ici.

— Vous voudrez peut-être avoir deux logements différents, ajouta Elias. Il y a pas mal d'Alphas dans ce secteur, ce qui peut devenir problématique à certains moments.

— Problématique dans quelle mesure ? demandai-je en plissant les yeux.

En réalité, je savais *exactement* ce qu'il voulait dire.

— Je ne vais pas vous mentir, il y a des Alphas ici qui ne me pensent pas suffisamment âgé et expérimenté pour être leur leader. Je suis souvent mis au défi. Jusqu'à maintenant j'ai toujours gagné.

Cette dernière précision sonna à mon oreille comme un avertissement.

De toute évidence, il pouvait sentir ma domination en tant que loup Alpha. Non seulement j'étais plus âgé que lui, mais peut-être aussi plus fort. Cela faisait de moi une menace pour sa position.

Seulement, je n'avais aucun désir de prendre sa place.

— Je n'envie pas votre place, l'informai-je. Cela dit, je suis prêt à vous aider à la protéger, si vous acceptez quelques-unes de mes conditions.

Riley me jeta un regard surpris. Nous n'avions pas vraiment discuté de cela, surtout parce que je n'étais pas certain que nous allions rester. Je voulais d'abord voir ses premières réactions, et maintenant que je savais qu'elle se sentait bien ici, je pouvais énumérer mes exigences.

— Je vous écoute, répondit Ander, sans changer d'expression.

Elias, quant à lui, affichait une mine intriguée et légèrement défensive.

Je ne pouvais pas lui en vouloir.

Son travail était précisément de protéger Ander et en son absence, de diriger le secteur.

Si Riley et moi acceptions de rester ici, cela deviendrait mon rôle de les garder tous et je serais essentiellement un homme de main.

C'était exactement mon intention.

Tant que chacun comprenait que Riley resterait toujours ma priorité.

— Tout d'abord, il est indispensable que ma compagne bénéficie d'une protection complète, à *tout* moment.

Ce qui incluait le moment de ses chaleurs.

Ander acquiesça.

— Nous sommes en train de développer des appartements qui aident à masquer les odeurs. Ces lieux sont de plus construits avec une technologie dernier cri qui rend tout accès non autorisé presque impossible.

— C'est la raison pour laquelle j'ai mentionné la possibilité d'avoir un logement secondaire, précisa Elias. Je vous recommanderais de vous installer dans l'un de ses appartements à temps plein ou d'en avoir un à disposition pour les moments où cela est nécessaire.

— Nous vous donnerons accès à ces deux choix, ajouta Ander. Dre Campbell nous apporte une quantité importante de connaissances et d'expertise. Nous sommes prêts à vous offrir tout ce dont vous avez besoin pour que vous acceptiez de rester de manière permanente.

Elias hocha la tête. Les deux Alphas étaient visiblement

d'accord. Il paraissait évident qu'ils étaient amis depuis longtemps.

— J'aimerais pouvoir examiner les diverses options de logement pendant notre visite, dis-je.

— C'est comme si c'était fait, répondit Ander en soulevant un sourcil. Quoi d'autre ?

Je levais les yeux vers lui et soutins son regard.

— Vous ne réprimanderez jamais ma compagne. Si elle fait quelque chose qui vous offense, vous m'en parlerez à moi et je me chargerai de sa punition.

J'entendis la respiration de Riley s'accélérer à mes côtés, et je baissai le regard vers elle.

— Nous savons tous les deux que cela est nécessaire, lui dis-je. Je ne laisserai personne d'autre te discipliner à part moi.

Elle frémit.

— Qui a dit que j'avais besoin d'être disciplinée ?

Je continuai simplement à la fixer jusqu'à ce que ses joues deviennent roses.

— Je ne suis pas un animal de compagnie qui doit obéir à tous les ordres, marmonna-t-elle.

— Pas un animal, acquiesçai-je. Juste ma petite Oméga au tempérament de feu qui n'hésite pas à donner des ordres aux Alphas qui l'entourent.

— Uniquement quand les mots durs sont nécessaires avec eux, répliqua-t-elle

Je souris et lançai un regard interrogateur à Ander.

— C'est noté, répondit-il, toujours aussi stoïque.

Pendant ce temps, Elias semblait regarder Riley avec d'autant plus d'admiration.

Ouais, mon Oméga est une emmerdeuse, pensai-je en le regardant. *Mais c'est* mon *emmerdeuse*.

— Si qui que ce soit se permet de la toucher, pour la réprimander ou pour une raison quelconque, je prendrai ça comme un défi direct. Ça ne se terminera bien pour personne, ajoutai-je pour m'assurer que j'avais bien été compris.

Je ne doutais pas du fait que Riley allait finir par énerver Ander d'une manière ou d'une autre.

Elle était tellement pleine de passion et d'énergie impétueuse, alors que lui était le calme incarné et semblait parfaitement imperturbable. Ce mélange de personnalités pouvait être l'équilibre parfait ou se terminer en conflit.

Alors je voulais être parfaitement clair dès maintenant qu'il ne serait pas responsable de la discipliner.

Ça, c'était *mon* rôle.

Et seulement le mien.

— C'est noté, répéta-t-il, cette fois-ci sur un ton un peu plus dur. Si qui que ce soit dans ce secteur touche à Riley, il aura également à faire à moi.

— Et à moi, ajouta Elias.

Je hochai la tête. C'est exactement ce que je voulais entendre. Ils acceptaient tous deux de protéger ma compagne comme si c'était la leur.

— Alors mes conditions sont remplies.

— C'est tout ? demanda Riley d'un ton incrédule. Un espace sécurisé quand j'aurai mes chaleurs et la garantie que tu es le seul à pouvoir me punir ?

— Oui, dis-je sans développer.

Cela ne nécessitait pas beaucoup plus d'explications.

— Tu es sérieux ? insista-t-elle. Tu ne vas même pas négocier un poste pour toi ?

— Mon poste est celui d'homme de main, lui dis-je.

Je n'avais pas besoin qu'Ander me le précise, c'était mon rôle naturel.

— Et je serai aussi là pour te protéger, à chaque instant, ajoutai-je

— Il ne peut pas m'arriver grand-chose ici, rétorqua-t-elle. Ils ont construit un *dôme*.

Elle pointa le doigt vers le haut, comme si je ne savais pas de quoi elle parlait.

Je devais admettre que cela avait été plutôt impressionnant d'atterrir ici. Il fallait faire ouvrir la structure en verre pour permettre à notre avion d'y pénétrer. Apparemment, le dôme recouvrait tout le secteur.

Il existait des portes pour permettre un accès à l'extérieur lorsqu'un métamorphe avait besoin d'aller courir par exemple, mais tout était parfaitement sécurisé.

D'ailleurs, ce n'était pas réellement du verre, mais un composé technologique similaire qui permettait de garder la vue sur les magnifiques montagnes qui nous entouraient.

— Les Infectés ne sont pas la seule menace qui existe, lui rappelai-je. Cela dit, je suis d'accord avec toi, la sécurité ici est optimale.

Elle me jeta un regard sceptique.

— La sécurité ici signifie que tu vas t'ennuyer.

— Avec toi comme compagne ? dis-je en souriant. Je ne m'ennuierai jamais. Et puis, je suppose qu'Ander aura des tâches à me confier.

— Tout à fait, répondit-il immédiatement. De nombreuses tâches.

Des tests de loyauté, traduisis-je intérieurement. Son père lui avait peut-être parlé de moi en des termes élogieux en se basant sur notre interaction passée, mais Ander voudrait sûrement que je lui prouve ma valeur.

— Je suis prêt, répondis-je.

— Alors j'ai hâte de te présenter à Enzo, dit-il lentement, ce qui provoqua un petit rire de la part d'Elias.

— Un de tes challengers ? supposai-je.

Ander poussa un grognement.

— On peut dire ça.

Riley fronça les sourcils.

— Vous allez demander à Jonas de se battre ?

Je sentis son odeur changer, ce qui m'indiqua qu'elle s'inquiétait.

— Je n'aurais pas à me battre beaucoup, *ástin mín*, promis-je. Une ou deux fois suffiront à établir la hiérarchie.

Elle savait aussi bien que moi que cela était nécessaire. Nous étions des animaux en essence. *Des loups.* L'établissement d'une hiérarchie était une seconde nature chez nous.

Son visage se referma encore un peu plus.

— Je ne pense pas qu'il y ait des vampires dans le secteur d'Ander, ajoutai-je doucement. J'ai grandi avec les loups du V-Clan. Je vais m'en sortir.

— Je sais. C'est juste que je n'aime pas t'imaginer en train de te battre après...

Je tendis la main pour exercer une petit pression sur sa nuque.

— J'ai battu ce Viking Alpha. Je ne pense pas que les Alphas qu'on trouve ici puissent être plus grands et plus puissants que lui.

— Où diable t'es-tu retrouvé à te battre contre un Viking Alpha ? demanda Elias, visiblement intrigué.

— En Caroline du Nord, dis-je sans donner plus de précisions.

Ce n'était pas un épisode dont j'avais envie de discuter. Je repris :

— Je peux aider à repousser vos challengers, ce n'est pas un problème.

Le regard doré d'Ander montra pour la première fois un signe d'émotion. Juste une pointe de soulagement prudent.

— Alors je vais vous présenter au reste de la meute.

— Déjà ? demanda Riley surprise. Vous voulez qu'il se batte aujourd'hui ?

De nouveau, je serrai doucement sa nuque.

— Je ne pense pas qu'il voulait dire aujourd'hui. Il faut d'abord que nous visitions le secteur.

Ander ne fit aucun commentaire, ce que j'appréciai. D'autres Alphas auraient pu se sentir offensés par le ton de Riley, mais il se contenta d'observer.

— D'accord, accepta-t-elle en cherchant mon regard du sien. On commence par la visite.

Je me penchai vers elle et déposai un baiser sur sa joue.

— Nous allons trouver le nid idéal.

Elle me regarda en plissant les yeux et je souris.

— Tu as un Alpha à entretenir maintenant, ajoutai-je en riant. Il va me falloir un nid confortable où vivre pendant que tu travailles.

Elle ne comprit pas tout de suite, puis elle réalisa que je plaisantais.

Je ne voulais pas d'un nid, je voulais juste d'un endroit où m'installer avec elle. Peut-être qu'un jour nous aurions des petits, peut-être pas.

Pour le moment, j'allais prendre les médicaments nécessaires pour ne pas procréer pendant ses chaleurs. Tant qu'elle ne me disait pas d'arrêter.

Ma vie tournait désormais autour d'elle.

C'était son bonheur qui m'importait.

D'ailleurs, en la voyant sourire, je sentais mon loup s'éveiller en moi. Mon âme était satisfaite par le plaisir de ma compagne.

— Nous allons nous construire un nid, répondit-elle, l'œil étincelant. Ensemble.

— Ensemble, acquiesçai-je.

Elle afficha un joli sourire et se tourna à nouveau vers Ander.

— Je pense qu'il est temps de visiter votre secteur, Alpha. Mon compagnon et moi sommes prêts à choisir un nouveau foyer.

Je l'attirai vers moi pour l'embrasser sur la tempe.

Avec toi, s'écraser en avion à côté d'un nid d'Infectés vaut toutes les peines et le chaos du monde, pensai-je en la regardant. *Et j'ai hâte de voir ce que le destin nous réserve désormais.*

Fin

La Promise de l'Alpha

Katriana Cardona

Ma vie a pris fin au moment où le X-Clan m'a trouvée.

Mordue.
Transformée.
Revendiquée.

Mes marqueurs génétiques me désignent comme une Oméga rare. Mais au fond de moi, je sais que je suis une femelle Alpha. Et je ne me laisserai pas faire. Pas même par l'Alpha du Secteur Andorra.

Ander Cain me promet sa protection.
Un monde nouveau, fait de plaisir et de douleur.

Mais il veut tout de moi en échange.
Même s'il lui faut pour cela me le prendre de force.

Que je sois damnée si j'abandonne ma flamme intérieure. J'ai passé les vingt-et-une dernières années de ma vie à me battre contre les morts-vivants. Ces loups ne vont pas comprendre ce qui leur est arrivé quand j'en aurai terminé avec eux.

Ander Cain

Ma vie a commencé au moment où je l'ai trouvée, ma jolie petite partenaire. C'est la force de la nature dont le Secteur Andorra a besoin, pour que l'on puisse croire en un futur. Une raison de continuer, et de protéger nos terres contre l'infestation de zombies qui nous attend.

Et pourtant, elle refuse de suivre nos règles.

Née dans une époque où les humains feraient n'importe quoi pour survivre, elle n'a pas l'habitude de la hiérarchie de la meute, ni des lois qui régissent la vie de nos semblables. Oh, mais elle apprendra. Et j'ai vraiment hâte d'être celui qui pourra l'entraîner.

Katriana Cardona peut bien lutter contre moi autant qu'elle le souhaite, mais, au final, elle sera à moi. Qu'elle se soumette, ou non.

L'auteure à succès d'*USA Today* Lexi C. Foss est une écrivaine perdue dans le monde de l'informatique. Elle vit à Chapel Hill, en Caroline du Nord, avec son mari et leurs enfants à fourrure. Quand elle n'écrit pas, elle est occupée à cocher des cases sur sa liste de voyages à faire. On peut retrouver beaucoup des endroits qu'elle a visités dans ses écrits, notamment le monde mythique d'Hydria, inspiré d'Hydra, dans les îles grecques. Elle est excentrique, boit beaucoup trop de café et adore nager. Tchao !

https://www.lexicfoss.com/Français

Pour être au courant des dernières nouvelles et connaître les dates de publication, abonnez-vous à ma newsletter:
https://www.lexicfoss.com/la-newsletter-de-lexi

LIVRES DE L'AUTEURE LEXI C. FOSS

Alliance de Sang

L'Esclave du Vampire

Le Vampire Royal

La Triade de l'Alpha

Le Vampire Rebelle

Le Roi Vampire

Le Vampire Cruel

Faë de Lucifer

La Captive des Faë de Lucifer

Le Directeur des Faë de Lucifer

La Malédiction des Immortels

Les Lois du Sang

Des Liens Interdits

Cœur de Sang

Les Liens du Sang

Les Liens des Anges

Chercheur de sang

Le poids du sang

Des liens dangereux

Le Roi de Sang

La Reine des Éléments

Livre Un

Livre Deux

Livre Trois

la Nouvelle Génération

La Reine des Faë de l'Hiver

La Reine des Faë de l'Hiver

La Reine des Faë de Minuit

Livre Un

Livre Deux

Livre Trois

Livre Quatre

Le Conte de Faë d'Ella - Un préquel

Les Anges Déchus

Le Commencement

La Princesse Bannie

Le Roi de la Prison

Les Loups du X-Clan

X-Clan : Origines

La Promise de l'Alpha

La Compagne de l'Alpha

Le Trône de l'Alpha

La Revanche de l'Alpha

Les Loups du V-Clan

Le Secteur Sanglant

Le Secteur de la Nuit

Hors série

L'île du Massacre